中公文庫

# プレーンソング

保坂和志



中央公論新社

# 目次

プレーンソング　5
解説　石川忠司　235

# プレーンソング

# 1

一緒に住もうと思っていた女の子がいたから、仕事でふらりと出掛けていった西武池袋線の中村橋という駅の前にあった不動産屋で見つけた2LDKの部屋を借りることにしたのだけれど、引っ越しをするより先にふられてしまったので、その部屋に一人で住むことになった。

2LDKの部屋に移ったことで月々の出費が三万五千円程度増えてしまったことは、はじめの予想に反して少しも問題にならなくて、さらに意外なことには、それまで恒常的に引き出しつづけていたキャッシング・ローンも借りなくなり、クレジットの残高も減る一方になった。それにはふられたことの後遺症のようなものが働いていて、誰といても、というのは誰と酒を飲んでいてもと言い換えてもいいのだが、とにかくすぐにつまらなくなって、ぼくが一緒にいるはずなのはこんなやつじゃないんだという気持ちになってきて、二時間もしないうちに別れて部屋に戻ってきてしまうようになっていたからで、飲み代と終電すぎのタクシー代が部屋代の差額の三万五千円よりもはるかに大きかったことの説明になっている。

部屋に帰ってすることといっても本を読むぐらいなのだけど、本を落ち着いて読む気になれないのには少し困った。そうかといってずっと前からテレビのない生活をしていたから見たくてもそのテレビがなくて、ステレオから音を流しながら腕立て伏せや腹筋運動をしていた。

部屋が広くなったおかげでトレーニングのようなことをするスペースだけは充分にあった。それがランニングにまで高じなかったのはその頃が一月から二月にかけてのことで、単純に寒いことが理由だった。あの時期がもし三月後半ぐらいだったらぼくはランニングもはじめていたかもしれないが、腕立て伏せや腹筋も三週間かそこらでやめたくらいだから、ランニングをはじめたという確信はない。

それに一晩中腕立て伏せと腹筋をしていたはずもなくて、他にも何やかやとやっていたのだろうけれど、そうとしか思い出さないのは、あの頃まわりから「最近、あまり酒も飲まずに何をやっているんだ」と訊《き》かれると、「腕立て伏せや腹筋やってる」とばかり答えていたからで、本人の記憶までがそうなってしまったのだろうか。そういえば、まめに掃除機をかけるようにもなっていたし洗濯もよくするようになっていた。それまでだったら二ヵ月に一度も洗ったことのないシーツや布団カバーまで三日おきぐらいに洗濯していたように思う。

　まあしかし、腕立て伏せに掃除と洗濯が加わったところで、何をしていたかの説明になっていないのは同じことだろう。つまり、そういうことではなく言えば、競馬と猫に気持ちがひかれていたのだ。

　競馬の方はそれ以前から好きで、次のレースに出る馬の資料をあれこれひっくり返しているとすぐに三時間四時間経ってしまうのを知っていたから、本を読む気の起きないときの時間つぶしには最適だという気持ちもあってなかば自分にそれを課すようにそうしていたのだけれど、猫の方はそれまでのぼくの生活にまったくなかった要素で、不意に転がり込んできた。


　ぼくはアパート住まいが長いし、それまでに五ヵ所住み替わったことがあるのだけれど、どれも二階にある部屋で、一階に住むのはこれがはじめてだった。

　一月半ばに引っ越して二週間ほど経った夜、アルミサッシの引き戸を開けて掃除機をかけていると、子猫がそこにちょこんといて、ぼくのやっていることを見ているのに気がついた。

茶色と白の縞のとても可愛らしいやつで、それがサッシのところから首だけ覗《のぞ》かせてぼくのことを見守るようにしている。その真ん丸な目をぼくからそらさずに見ているものだから、ぼくも一瞬子猫と見つめ合うかたちになった。それでも子猫はぼくを見つめつづけているからぼくに好意のようなものがあるのだと思って、掃除機を止めてかがみこみながら近寄ろうとしてみたけれど、動いた途端に子猫はすっと首をひっこめて消えてしまった。

子猫のいなくなったサッシから顔を出して、どっちに行ったのか、もしかしたらまだ近くでこちらを見ているのかもしれないと期待して探したけれど、もうどこにも見えなかった。

それから三日か四日のうちに子猫がまた来た。同じ茶と白の縞のやつで前と同じように開いているサッシから顔を覗かせて、耳を子鬼のように立てて真ん丸い目できょとんとこちらを見つめている。ぼくは今度は一呼吸だけ気持ちを落ち着かせてから静かに椅子から腰を動かして、そのままからだを屈ませて「ツュッツュッ」と舌を小さく鳴らしながらゆっくりと近寄ろうとした。けれども二歩目か三歩目に、子猫は立てていた耳をくるっと一回動かして消えてしまった。

二日か三日の間をおいて子猫は二回来て、ぼくはその二回とも同じことを繰り返した。そしてまた次に子猫が来たとき、ぼくは近寄ろうとするから逃げられるのだという考えになっていて、椅子から動かずにそれまで読んでいた競馬の週刊誌を読みつづけているような振りをしながら子猫の様子をうかがうことにした。

そうすれば逆に子猫の方から部屋に上がり込んでくるのではないかと考えたのだけれどこれもだめで、ぼくが週刊誌の記事につい気をとられた隙《すき》にいなくなってしまった。相手が人間でもないのに本当に記事を読む振りをする必要もないのだけれど、そうかといって記事に目をやらなければ子猫にもぼくが見ていることがわかってしまうのだからそれ以上どうしたものかと思っているうちに三日後だったか、また子猫が来た。

子猫が覗いているのに気がつくとぼくはそおっと逆側にある玄関に歩き、ゴムゾウリをつっかけて子猫のいるところに回り込んでいくことにした。そうして首尾よく子猫に近づけたときにどうしようかなんてことは何も考えていなかったのだけれど、とにかく一度子猫に触りたいと思っていた。

たぶん三十秒か一分で子猫のいる側に着いた。見ると子猫はまだ小さな首を伸ばしてぼくの部屋を覗いていたが、横から近づこうとするかすかな足音を聞きつけてぼくの方に首を回した。それでも子猫は逃げないで、ぼくが近づこうとするのを小首をかしげて見つめていて、そうしてぼくを充分に引きつけてから管理人室の前にあるユニット式物置の下に跳び込んだ。つられてぼくも物置の前まで一跳ねして地面に這《は》いつくばって、

「ツュッツュッ」

と舌を鳴らしてみたが、それに子猫が応えてくれるはずもなくて、さらにからだを低くして物置の下を覗き込んで見たら、当然のことながらもうそこには何にもいなかった。

そこではじめて、煮干《にぼし》で釣って仲良くなればいいんだという考えが浮かび、ポケットに小銭があることを確かめてそのままコンビニエンス・ストアに行くことにした。しかし普段まったく買ったことのない煮干なんていうものを棚《たな》から見つけ出すのは意外に大変で、同じようなところを何度歩いてみても見つからないものだから、

「あの、煮干ってありますか」

と学生アルバイト風の男の子に訊いてみることにしたが、ぼくがしゃべった途端に彼が見せた表情が生まれてから一度も「ニボシ」なんていう言葉を聞いたことがないような、それこそ理解不能という顔だったので、訊いたぼくの方もそれで急に恥ずかしいような気になってしまって曖昧に笑って帰ってきた。

次の日、会社のそばで乾物屋を見つけて煮干を買って帰り、あの茶と白の縞の子猫がまたたずねてくるのを待つことにしたのだけれど、四日目になっても来てくれなかった。

おそらくぼくに物置の下まで追いかけられたことが原因で、子猫はもう来てくれなくなってしまった。本当に一週間待っても来てくれなかった。

それでも煮干をそのまま持っていても仕方ないし、うまくすればこれがきっかけになって、もう一度あの子猫が来てくれるようになるかもしれないという期待から、子猫がぼくを見ていたその場所に毎晩煮干をくだいて置くようになった。煮干は一晩経つと間違いなくなくなっていたのだけれど、子猫の姿はいっこうにぼくの前にあらわれてくれなかった。

それでも、それっきり子猫と会えなくなったわけではなかった。三月中頃のことだから煮干を部屋の前に出しておくようになった日から数えて十日ほどたった晩、中村橋の駅から部屋までの道を歩いてきて、だいぶ部屋に近づいた比較的狭い道を歩いているときに茶と白の縞の子猫を見つけた。

子猫はぼくが歩いていく数メートル先を横切って、マンションの隅のポリバケツが七つか八つ集められているところの陰に身をひそめた。そこは子猫のホームグラウンドか、そうでないにしても子猫にはずいぶん馴染《なじ》みの場所らしくて、ぼくの部屋をたずねてきたときのような神経質な様子にはなっていなくて、ぼくが近づきかけてもすぐには逃げ出さないように見えた。

ぼくと目が合ってお互い見つめ合いながら、三歩四歩五歩と寄っていっても小首をかしげたままで、ぼくのことを何をしたいんだろうという顔で見守っている。ぼくがさらにあと一メートルというところまで近寄ってみても、子猫は動かないでぼくのことを奥まで覗き込むように見つめている。

しかしそこからもう一歩踏み出しかけると、子猫は急に体勢をかえてぼくから半身《はんみ》の姿勢になったから、あと一メートルのところまでが子猫のテリトリーのようなものだろうと思い、そこでまた靴一つ分ほど後ろにさがってしゃがみこんだ。しゃがむと子猫もまたからだをぼくに向け直してお尻を地面につけてぼくと見つめ合い、尻尾を左右に動かしている。ぼくが、

「うれしいの？」

と話しかけてみると、子猫はぼくに向けていた耳を少し後ろに引っぱって見せて、それが警戒の様子であることはぼくにも何となく伝わってきた。ぼくはまた黙ることにして子猫を見つめる。そうすると子猫もまた耳をぼくに向けてじっとぼくを見る。

それが子猫とのコミュニケーションになっているのかどうかわからなかったけれど、なかなかいい雰囲気だと勝手に思い、さてこれからどうすればいいのだろうと考えると次の方法は煮干しか浮かんでこないのだが、あいにく煮干はぼくの部屋でここにはない。取りに行ったものかどうしたものか迷っても他にすることもなくて結局煮干を取ってくること

に決め、今度はさっきよりもずっと声を細めて、
「ちょっと待ってなよ。煮干、持ってきてあげるからね」
と話しかけてみると今度はうまく伝わったらしく、子猫はそのままの様子をしているから、子猫を見ながら何歩かそろりそろりと後ろにさがり、それから全力で走って部屋から煮干を取ってきたのだけれど、戻ってみると子猫はいなくなっていた。

そんなことをしたせいで妙に気持ちが昂揚《こうよう》して、三年以上話をしていなかった大学時代の同級生に電話をかけてみたくなった。ゆみ子というその子の電話番号はもうぼくのアドレス帳には残っていなかったが、毎年もらう荒っぽい木版画の年賀状があった。

気分の昂揚だけでなく、その相手がゆみ子だった理由はそれでも一応はあって、今ではどうだか知らないが、学生当時ぼくには可愛いとも何とも思えなかった太って大きな茶色のまだら模様の猫を飼っていたからで、彼女なら何かいいことを言ってくれるのではないかという漠然とした思いが浮かんできたからだ。

電話に出たゆみ子は三年前と変わらず、別に機嫌が悪いわけではないのだけれど愛想もないしゃべり方をしてきた。「久しぶり」などと通りいっぺんの挨拶のようなものを言い

合い、次に「どうしてる?」という話になって、結婚はしていないけど子どもを一人つくったと聞かされて、へえと思ったから「へえ」と言い、それがすぐになるほどに変わったから「なるほどね」と言って、そのうちに猫の話になった。

ぼくが猫のことを言い出すと、ゆみ子は、

「あなたも子どもでもつくったらいいんじゃないの」

と、猫の子を拾うようなことを言ってみせるのだけど、それはとりあえずどうでもいいことにしてぼくの話をつづけて、「茶色と白の縞の子猫」と言うと、ゆみ子は、

「そういうのって、〝茶トラ〟っていうのよ。茶色と白のトラ縞だから。聞いたことあるでしょ?」

と言い、次にぼくが、しゃがみこんでその茶トラと顔を見合わせると尻尾を振ったから子猫も少しはうれしかったんだというようなことをゆみ子に対抗するような気持ちで言ってみると、

「あなたねえ、猫がシッポ振るのはうれしいからじゃないの。犬と猫は違うのよ。猫がシッポ振るのは、どうしようか考えているときなの」

と、ゆみ子はぼくの猫に関する知識のなさを次々に指摘してくる。

学生の頃からゆみ子とぼくというのはだいたいそういう関係で、ゆみ子が知っている類

のことをぼくはほぼ何も知らない。ぼくがよく知っていることは今度はゆみ子が知らないという関係でもあるのだけれど、二人のバランスはそれで保たれていたわけではなくて、だいたいいつもぼくがゆみ子から一方的に何かを聞くことになっていた。

だからそのバランスはぼくが知らない話を聞くのが好きなことと、ゆみ子がぼくの勝手な思い込みのピントの外れ方を楽しむことで保たれていたのだと思う。それにゆみ子は変に乱暴で飛躍したことを口走るところもあり、それは指摘や説明の範囲を唐突に越えてしまうのだが、ぼくはだいたいそういうことまで普通の話として受け止めるようにできている。

ゆみ子は、

「あなたやっぱり、いつも煮干を持ち歩いてるくらいじゃないとダメよ」

と言ってきた。

「でも、うちの猫は本当に子どもだったときには煮干って、食べたがらなかったわね。カツオぶしを削ったのの方が好きだったから、その方がいいんじゃないの？あれだと小さな袋のパックになってるから、持ち歩きやすいわよ。本のしおり代わりにはさんでおけばいいんじゃない？」

と、終わりの言葉にはいくぶんかの笑いも含まれていたけれど、それは名案だと思った。

しかしカツオぶしも同じかもしれないが、ぼくがコンビニエンス・ストアで煮干を買おうとしたのに売っていなかったという話をすると、

「あら、あたしはセブンイレブンとかファミリーマートでしか煮干なんて買ったことないわよ」

と、ゆみ子は言ってみせた。

「じゃあ、うちのそばのセブンイレブンがいけないんだ」

と言っても、

「そんなこと、あるわけないじゃない。あなたに見えていないだけよ」

と言われ、

「だいたい、今どきセブンイレブンでもどこでも、キャットフードの売っていないようなところはないのに、それなのにあなたはそんなことにも気づいてないでしょ」

と、つけ加えられたのは確かにそのとおりで、こういう話の展開になるとゆみ子の全面的優位は以前と同じで、ぼくが感心して感心しついでに、

「だけど、セブンイレブンの店員も、煮干って聞いたらキョトンとしてたよ。

あれは、どういうことなんだよ」

と訊いてみるとこれにも間髪いれずに、

「その人、中国人とか韓国人とか、アジア系の留学生だったんじゃないの？　それとも、日本人でもあなたの発音が悪くて、『煮干』がわからなかったんじゃなくて、何を言ったか聞きとれなかったのよ」

と答えてきたのには驚いた。ゆみ子のそういうすぐに枝分れしていくような考え方には、ぼくは心から自分と別のものを感じてほれぼれしてしまうのだけれど、そんなことには関係なくゆみ子が、

「でも、キャットフードって、猫によって好き嫌いがあるみたいだから、カツオぶしがいいんじゃない？」

と言ってくるから、ぼくは、

「でも、毎晩置いてる煮干はなくなっているけど」

と、煮干に話を戻して、わざわざカツオぶしにしなくてもいいんじゃないかというようなことを言おうとしたのだけれど、

「だからそれは他の猫が食べてるってこともあるでしょ」

と、これもまた完全にゆみ子の考え方を出されてしまい、そのあともいくつかそういうものを聞かされて、その晩の電話はカツオぶしのパックを本のしおりにして持ち歩くことで一応しめくくることにした。

それからそのままカツオぶしを買いに外に出たのだけれど、ゆみ子と話しているあいだ何となく三年前のゆみ子と違うようなものを感じていたその何かが、ゆみ子の声の質の変化だったことに、歩きながら気がついた。

ほんの少しのことなのだけれど、ゆみ子の声は前よりも低くて太くなっていて、それが聞いているこちら側に安定感のようなものをつくり出しているのだと思った。そう思ったのが歩きながらのことで、たとえばコンビニエンス・ストアの中なり部屋に戻ってからではなかったのは、途中にある桜の木の蕾《つぼみ》を見て、それが大きくなったと思ったのと同時だった記憶が残っているからなのだが、それはまあどうでもよくて、三年という時間がゆみ子の声の質に確実に形となっているのと、三年経ってもゆみ子の話の流れや考え方が少しも変わっていないと思っているのが、ぼくとゆみ子のつき合いの長さをあらわしていて、それを軽い幸福のように感じている自分というのは、おそらく二十代前半までの自分にはなかった部分なのだろうと思った。

猫とのつきあいはこのあともいろいろにつづいていくのだけれど、もう一つ、もっといれこんでいて、今でも記憶を引きだすのにカレンダーのように正確に時期を確定することを可能にしている競馬の話をしておくことにする。

三十前後になると、恋人かそうでないにしても好きな女の子とでも一緒にいない限り、土曜日と日曜日の過ごし方が急に難しくなる。それまで会っていた男の友人たちが年とともに結婚し、結婚した彼らはやはりどうしても夫婦らしい週末を過ごすようになり、独り者の方はしだいに遠慮のようなものを感じるようになって会わなくなるからで、ぼくの場合は学生の頃から土・日をつぶしていた相手で結婚していないのが石上さんという四歳年上の人一人になっていた。

別に男だけでも四人か五人集まっていれば何やかやしながら一日二日は退屈もしないで意味もなく過ごすことはできるのだけれど、男二人ということになるとそうもいかず、その結果、というと多分に消極的な動機づけになってしまうが確かに消極的な意味合いも含んで、石上さんとぼくは足繁く競馬場に通うようになっていた。

石上さんという人はぼくより四歳上なのだからとっくに三十歳を過ぎている。別に悪い顔というのではなくてむしろいい部類で、一年に何度かはデートのようなこともするし、チャンスが舞い込んでくれば誰かと寝ることもあるのだが、そういう人で独身というのはそばで見ているといよいよ一生独身でいるのではないかという確信を起こさせるものがある。

石上さんのように外見上ちゃんとしている人が恋人をつくろうとしなかったり、つくっても長つづきしないということになると、それはやはり彼の内側に問題があるのだろうという考えをこちらにつくり出すのだ。その内側の問題というのを言葉にしてみると、何かを積み上げていく志向のなさとでもいうことになるのだろうか。

競馬は株と違って投資という発想にのっかっていないのが普通だ。石上さんのような人が株ではなくて競馬を選ぶのは当然なのだけれど、一日で三十万五十万稼ぐか全然なくなってしまうかというような極端な勝負をしたがるのは石上さんのようなタイプではなく、そういう人はやはり何かを築きたいという志向を持っている人に属するのだと思う。何故そう思うかは石上さんを見ているとわかってくる。

競馬というのは普通一日かかって十二レースやるのだけれど、石上さんは基本的に大きな賭けをしないで十二レースあるそのすべての馬券をのんべんだらりと買いつづける。前半で勝てばそのあとの賭け方がそれに見合って大きくなり、逆に前半で負けがこめば心細い賭け方になってくるという、つまりは全体があなた任せなのだ。

それに大きな勝負に出ることがあっても結果としてとんとんにしかならない。たとえばメインのレースで持っていた五万円を、三十倍に二万、二十倍に二万、残った一万円を押さえの六倍に入れるという買い方をすると結局その六倍がきて、五万が六万にしかならない。出入りの激しい人なら三十倍を当てるか三通りすべてが外れてしまうかということになるのだけれど、石上さんの場合すべてが外れることもないのだから、石上さんの志向が全体に浸透してしまうとギャンブルというのも何か奇妙な単調さを帯びてくる。

その石上さんの横でぼくは日によって出入りが激しかったり押さえの馬券がきつづけたりのまちまちの競馬をしているのだけれど、全体としてはたんなる時間つぶしに近い気分に支配されているから特筆するような一日はめったにやってこない。つまりぼくもだいたいがのんべんだらりとした競馬をやるようになっていたのだが、そうなってくるとおかしなもので、競馬場以外の場所でもぼくと石上さんは競馬の話しかしないようになっていて、二人で競馬に使う時間だけはとにかく多くなっていた。


石上さんだけではなく、あの頃からぼくのまわりにもう一人三谷さんという人が競馬をやたらと真剣にやるようになっていた。

三谷さんとぼくのつきあいは本当に競馬だけのようなもので、ぼくは三谷さんの年齢もよく知らない。だから三谷さんがぼくよりも六つか七つ年上だと思うようになっているのもぼくの勝手な思い込みで、本人に確かめたものではない。三谷さんというのはぼくと同じ会社の違う部にいて、三谷さんが競馬をはじめる前から二人は知り合いだったのだから何らかの行き来はあったのだろうけれど、それが本当にまったく記憶がなくて、ただ三谷さんがひょっこりとぼくのところに来て何か他の話をしたあとで、

「競馬やる?」

とぼくに訊いてきたところからぼくと三谷さんの会話の記憶がはじまることになっている。そのとき三谷さんはいきなり、

「競馬は仕組まれているんだよ」

と言い出した。

会社の中の評判では三谷さんはつきあいづらくていわゆる暗い人ということになっているのだけれど、ぼくは三谷さんの話しぶりが好きでつい真剣に聞いてしまう。話の持っていき方が面白いのか、それ以前の三谷さんの世界観のようなものが奇矯な思い込みのうえに成り立っているから面白いと思うのか、おそらくどちらもあてはまるのだと思うが、とにかくあのようにものを考える人というのが暗いわけはなくて、本当の意味で明るい人なのだとぼくは思っている。

「競馬には競馬会専属の、極秘のレースのデザイナーがいるんだよ」

と三谷さんは話し出して、そしてぼくの考えなんかにかまわず話をつづけるのだけれど、

そういう話の展開になるとぼくもつづきを待つ顔になっているのだろう。

「先週、〝寒梅賞〟っていうレースがあっただろう」

と三谷さんの言ったレースは連複七十倍の大荒れのやつだったのだが、

「あれなんか簡単。クールノーザンとウメノウイングで一、二着だっただろ。二頭でクールとウメだから、ちゃんと〝寒梅〟になってるじゃない？　こんな簡単なことでいいのかと思ったよ。そしたら、そのとおりじゃない。ああいうのはすぐにわかっちゃうから、きっとデザイナーにボーナスは出ないね」

と、すでに三谷さんの話はデザイナーを前提としたうえにボーナスにまで広がってしまっていてその辺の極端さはひとつ面白いところなのだけれど、話自体としては仕組みが簡単すぎてぼくも面白がったり納得したりするところまでいかないし、それは三谷さんも同じで、次に三谷さんはもっとずっと手のこんだ説明をしはじめた。

「〝踊り子特別〟も荒れたじゃない。

6枠にモミジボーイとハギノペガサスがいただろ。すぐに『これはクサイ！』って思ったの。で、1枠みたらサニーバタフライっていうのがいる。〝猪・鹿・蝶〟じゃない」

つまり三谷さんの言いたいのは、花札の〝イノシカチョウ〟という手役の絵柄が猪にはハギ、鹿にはモミジが描かれているから、この三頭の馬の名前から〝猪・鹿・蝶〟を連想したということで、これがまた当たり馬券になっているものだから、花札と競馬に何のつながりもないという一番肝心なことを忘れてけっこう納得しながら聞くようになっていて、

「〈1―6〉で百十倍だったろう――」

と三谷さんが言うのでぼくもつられて、それでその馬券をいくら買っていたのだと訊くことになるのだけれど、三谷さんは、

「や」

というような短い否定の感嘆詞のようなものをはさんで、

「だから、これでは簡単すぎると思ったのがいけなかった」

と言ってつづけた。

「6枠の〝モミジ〟と〝ハギ〟は、たんに1枠の〝バタフライ〟を目立たせる暗号だと思ったの。それに土曜日は〝七赤〟なんだから〝イー・スー・チー〟と考えるべきじゃないかと――」

〝イー・スー・チー（一・四・七）〟は麻雀からの連想だ。

「で、7枠みたら、ダイナジプシーとマイネルローズじゃない。バタフライが出てきてジプシーローズ。しかもレース名が〝踊り子特別〟。これだっ、て」

というわけで三谷さんは一度当たりかけた万馬券をフイにしてしまったのだけれど、

「それじゃなきゃなんで〝踊り子特別〟なんて名前をつける必要があるんだよ。意味ないじゃない。〝イノシカチョウ〟馬券なんかで納得できないよ。誰がわかるんだよ。デザイナーももっと頭使ってくれないと、こっちが困るんだよ」

と怒っている。

端から見ればまったく何の根拠もない語呂合わせを三谷さんが大真面目にしているところが好きでぼくはそのあいだある意味ではすごく真剣に聞いてしまうのだけれど、それはそれとして人が見ればバカバカしいということにしかならない方へどんどん引っぱられてしまう真面目さというものが確かにあって、三谷さんはそういうものに取り憑かれた人なのだと思う。とにかくこういう調子で三谷さんはそれこそ出入りの激しい競馬をつづけていた。

こういう三谷さんの競馬陰謀説のようなものを石上さんに話すと石上さんは、

「そういう風に、ものごとの抜け道探しばっかり考えてるヤツって、必ずいるんだよ」

と言って、どうでもいい笑いをつくりながら語調だけは真面目に、

「だから、弱るんだ」

とつけ加えるのだけれど、だいたい何事も石上さんが弱ったり困ったりすることはなくて、ただそういう話に関心を示さないだけだ。

三谷さんのように競馬陰謀説にのっかって語呂合わせを考えたり、七赤だの八白だのを気にする方法が石上さんにとって不真面目に見えているというのではなくて、石上さんはあくまでもどうでもいいと思っているのだ。これを拡大解釈して、というかここからこじつければ、人生や世界の仕組みを知ることに対して三谷さんの方が貪欲で石上さんは無関心ということになるが、だいたいそれでいいのだと思う。あるいはそこまで言う必要もなくて、石上さんと三谷さんのやり方の違いはたんに二人の好きな冗談の種類の違いということなのかもしれない。

石上さんとの競馬のことをもう少しつづけると、石上さんもぼくも女の子は嫌いではなくてむしろ好きだし、少しでも気に入った女の子たちには人一倍愛想がいいくらいだから、競馬場というものを珍しがって一緒についてきたがる子は拒まなかった。

ただここで小さな転倒が起こっていて、もともとが休みの日に男二人で他にすることもないという理由もあってはじまった競馬場通いがある時期から行動の中心になっていたために、一緒に休みの日を過ごしたがる女の子がいてもその子と他のことをしようという考えが働かなくなっていたということでもあるのだけれど、まあそれはいいとして、本当のギャンブラーというのはギャンブルと女を切り離すという通説があるが、ぼくたちは自分のことをギャンブラーだと思っていないのだから関係なかった。それにそういう話を石上さんにすれば、

「女ぐらいで負けるようなら、はじめっから賭けごとなんかしなければいい」

とでも言い返してくるだろう。

女の子を競馬場に連れていくのならその子は競馬のことを何も知らない方がいいし、自分も一緒に馬券を買ってどうこうなどと思わない子の方がよくて、そういう子がぼくには何年か前になくなってしまったビギナーズラックを持ってきてくれるのだとたいした根拠もなく思っている。

競馬場には〝パドック〟といってレースの三十分ほど前に馬を曳《ひ》いて歩いて馬の走る直前の状態を一通り見せるところがあり、そこが競馬場の中でぼくたちが一番間近に馬を見ることのできる場所になっている。女の子が馬のからだつきや毛色や尻尾の長さや顔つきや、覆面を被っている馬がいたらその覆面のことなどあれこれ感想をしゃべり出すのもそのパドックで、「あの馬、たてがみにリボンが結んであってきれいね」と言ったり、「あの3番の馬のシッポ、ちゃんと切って揃えてある」と言ってみたり、とにかく目についたことを何でも口にする。

芦毛《あしげ》と呼ばれている将来真っ白になる馬は、競走馬として走っている三歳から七歳の頃、つまり若いあいだはだいたい濃いか薄いかの違いはあってもグレイの毛色をしていてそこにまだらに白い部分が入っているというだらしない毛の模様で、他の黒や栗毛の馬のツヤのよさとは比べものにならない感じがしてぼくには汚ならしいぐらいにしか思えないのだが、どういうわけだか一般的に女の子にはいいらしくて、石上さんとぼくが競馬場を歩きまわっている様子が好きだという理由だけで気まぐれに競馬場についてくるけい子もそう言い出した。

「あの馬の毛の色、変でいいわね」

「あの8番のヤツ?」

「うん。ところどころ白くておしゃれじゃない?」

「ああいうの、芦毛っていって、十歳か十五歳くらいになると真っ白になるんだ」

「ほら、やっぱりいいんじゃない」

という具合なのだけれど、その日けい子が見た芦毛馬はその8番がはじめてではなくて、前の三レースと合わせてもう四頭か五頭は見ているはずなのに彼女は急にそこで芦毛に気がついたのだ。そういうのが無関心な人間特有の視線のとどき方のようなもので、けい子がちゃんとした運を持っていればだいたいその馬がくるというのがぼくの考えで、ぼくはその馬中心の馬券を買ってうまくいく。

そこまではわりあいあたり前だがけい子が他と違っているのは、それでぼくが馬券を取ったからといっても一緒になって喜ぶわけでなく、けい子にはあくまで無関係で、彼女は、

「ホントに競馬場の芝生ってきれいね。

これで来ている人たちもきれいだったら最高なのにねぇ」

などということをひとりで言っている。そして次のレースのパドックの時間がきてまたぼくについてパドックに行くのだけれど、前と同じような芦毛の馬を見つけても、

「あれもアシゲでしょ」

と言う程度で特別な愛着を示すのでもなく、他に落ち着きがなく首をさかんに上下に振っている馬を見て、

「あの馬どうしてあんなに首振ってるの？

走りたくないって言ってるのかなあ」

なんてひとりで楽しんでいて、ぼくはぼくでそれを聞きながらけい子の今の台詞《せりふ》は勝ち馬予言とは少し違うようだなどと考えながら次にけい子が引っぱり出してくる興味の質を嗅《か》ぎ分けようとしている。そうすると不意にぼくの競馬新聞を覗きこんで、

「これがいま歩いてる馬たちの名前なの？」

と言いながら馬の名前を読みはじめたらしいのだけれど、そのうちに突然、

「あれ？　グローバルドンブリだって。変なの」

と言って笑い出し、

「ドンブリじゃないよ、トリプルだよ」

「あ、そうか」

と言ってなおさら笑ってしまい、それでぼくは今度はグローバルドンブリなんだということにして、またけい子の無関心の馬券で勝つことになる。けい子はそれでもやっぱり馬券には無頓着だし来週も来たいというようなことも考えない。ぼくもまあ、それくらいの方がけい子の持っている運も長つづきするのだろうと思って、次にけい子が競馬場に行こうかなと言い出すのを待つことになる。


茶トラの子猫とは中村橋の駅からぼくのアパートまでの途中にあるマンションの前で会ったきり会うことがなく、もちろん二月の頃のようにぼくの部屋をうかがいに来ることもなくなっていたのだけれど、ぼくの方は行き帰りの道を歩きながらいつも子猫ともう一度

会うことを期待するようになっていた。

そうなると自然と猫一般に注意がいくようになり、練馬の中村橋という場所の猫の多さに感心したのだけれど、そのうちに猫が多いのは別に中村橋だけではなくてそれはぼくの視線の対象が変わったことのあらわれらしいことがわかってきた。

新宿にも渋谷にも猫はいて、夜十時か十一時をすぎて閉店したハンバーガーショップや飲み屋の前に積み上げられた食べ残しのゴミ袋のあいだや建物と建物の隙間にも猫を見つけるようになった。猫たちは騒がしく歩いてくる酔払いの途切れるのを待って建物の陰から跳び出し、次の酔払いの群れが近づくまでの短いあいだゴミ袋から食べ物を探し出そうとしている。

そうやって見かける猫の毛色がどうなっているのかを頭の中でぼんやりと言葉にするようになったのはそれまでのぼくにはなかったことだった。それは別に茶トラでなくてはいけないとか、新宿にいてまで茶トラの子猫を探してしまうとかそういったことではなくて、ただ視界に入った猫を言葉にしてそのときどきの意識に一瞬であってもとどめたかどうかの問題なのだけれど、そうするかしないかは大きな変化だと思うようになっていた。

その次に茶トラの子猫と出会ったのはその前から数えてほぼ二週間後になる三月の終わりの頃だと思うのだが、その辺の記憶に少し自信がないのはこの前よりも今度の方が確かに寒かったからで、春先のことは寒暖の記憶で思い出そうとするとついだまされるようなところがある。けれども同時に桜の花が開きはじめていたのも間違いなくて、ぼくはその前に子猫と出会ったマンションの横に立っている大きな桜の木を三、四軒手前から見上げて、花が咲き出したのをうれしく思いながらそこに近づいていった。

そのとき茶トラの子猫がこの前と同じように細い道を横切ってマンションの陰に跳び込もうとするのを見つけたから、ぼくは二月から進歩のない「ツュッツュッ」という舌鳴らしで子猫の注意をひこうとした。そんな能のない呼びかけにもかかわらず子猫の方はそれなりに成長してくれていて、ゴミ捨て場のポリ容器のあいだに首を突っ込みかけた姿勢から一歩か半歩引きさがってぼくの方を振り返った。

振り向いた子猫はとびきり可愛い。うっかり動作を中断してしまったその瞬間の子猫の頭のカラッポがそのまま顔と何よりも真ん丸の瞳にあらわれてしまい、世界もつられてうっかり時間の流れるのを忘れてしまったようになる。

子猫とぼくはそうやって一秒か二秒のあいだ見つめ合い、それからぼくも子猫と一緒にカラッポになった頭からさあ次にどうしようという考えを引き出そうとしていると、子猫は振り向いていた体勢からまた一、二歩動いてぼくと正面に向かい合う姿勢になった。

それに促されるようにカツオぶしパックのことを思い出してあわてて鞄からそれを引っ

ぱり出しにかかると、そのせわしない動きで子猫はまたビクッとからだ全体で警戒の色を示し、首をすくめて耳をひいて見せる。ぼくがそれで動きを止めると子猫もまたやわらかくなり、それからもう一度ゆっくりと音をたてないようにしてカツオぶしパックを取り出して封を切った。

子猫はそのあいだぼくのやることを観察するような調子でじっと見ていたのだけれど、ぼくがカツオぶしをのせた手のひらを差し出しかけるとまたそこで一歩引きさがりかける。けれど小さな鼻がさかんにひくひく動いて匂いを嗅いでしまっている。

「ほら、カツオぶしだよ」

と、いくらやさしそうに話しかけてみたところで子猫は動いてくれなかったから、ぼくは少しだけ伸ばしたその手の位置で下にカツオぶしをぱらぱらと撒《ま》いてみた。そうすると子猫はいよいよ鼻をひくひく動かしながら首を精一杯伸ばそうとする。それでもまだぼくを信じていなくて動かないからぼくの方がそおっと後ろにさがってみると、子猫はようやくカツオぶしまできてぼくの様子を上目づかいにうかがいながら食べはじめた。

子猫はすぐにカツオぶしを食べてしまい、もといたところに戻ってぼくをじっと見た。ぼくは同じところにさっきよりも多めにカツオぶしを撒く。それからもう一度ぼくが後ろにさがったのを見とどけてから、子猫がカツオぶしまできて上目づかいにぼくを見ながらそれを食べる。そして子猫は再びもといたところに戻り、ぼくがカツオぶしを撒く。手のひらにのせて試してみてもだめで子猫は下に落としたカツオぶししか食べない。小さなカツオぶしパックを何度にも分けてそれを繰り返した。

そのうちに地面から寒さが足に伝わってきて、もう冬のコートは脱いでずっと薄手のジャンパーを着ていたのだが、それでも上からでなくて足元から寒さを感じるのは真冬とは少し違う寒さなのだろうかと思い、最後のカツオぶしを撒いたときには指先もだいぶ冷えていた。

その最後のカツオぶしを子猫が食べ終わってもう一度後ろにさがってぼくのことをじっと見たときにはぼくは寒さがしんどくなっていて、

「ごめんね、もうないんだ」

と、一応話しかけてみたのだけれど、その声がはじめのようなやさしい調子とどこか違うような気がして、もう一度言い直した方がいいのだろうかと思っているうちに、子猫はあっさりとポリ容器の向こう側に消えてしまった。

アキラがぼくの部屋に来たのはたしかその翌日だった。

ぼくの友達には高校か大学のときから自主制作映画を撮りはじめて、みんな三十前後になった今でもスポンサーがついたりつかなかったりしながら映画を撮りつづけているグループがあるが、アキラというのはいつの頃からかそこに出入りするようになった二十一か二のやつで、子どもらしい幼稚な格好のつけ方をして自分の経歴をあまりしゃべりたがらず、ただ中学中退とだけ言っている。

確かにアキラのまともな知識の量と質といったら中学生程度しかなくて、ロックでも輸入盤になるともう曲のタイトルも読めなくなってしまうくらいなのだけれど、それでも才能はいろいろあって、『ヤングジャンプ』とかその手の雑誌の写真のコンテストに応募しては特賞をとったりして、一時期はその賞金だけで暮らしていたというか食べていたという話がある。もっともぼくはアキラの写真をまとめて見たことがないし、どういうのがいい写真なのかもわからないからその辺のところは何とも言えないが、年賀状とか暑中見舞というのではなくて特に理由もないときにハガキにして送られてくる、アキラ自身の顔を撮った写真があって、それにはちょっと普通ではない存在感のようなものを感じさせられることがある。

はじめアキラは電話で、今夜ちょうど池袋に来ているから泊まりに行きたいんだけどいいかというようなことを言ってきた。しかしアキラに対してはぼくも妙なところがあって、何か考えるよりも先に「来なくていいよ」というようなことを答えてしまうのだ。それは口先だけでアキラをからかってみるというのでもなくて、わりあい本心からそう答えている。

アキラには自分を写した写真をまわりに送りつけるのと同じように存在感を押しつけてくるところがあって、それが昼間に外で会うのならまだしも夜に部屋に来られてしまうのではたまらないという気持ちが電話でアキラの声を聞いただけで即座に出てきてしまう。しかしアキラはぼくだけではなくてまわりのみんなからだいたい素っ気なく扱われているものだから、そういう答えられ方に馴れていて、

「じゃあ誰かナンパして行くからさ。それならいいでしょ」

と、こっちが喜びそうな提案のようなものを持ち出すことまで知っていて、それでこっちも簡単にのせられて、

「本当に女の子つれてくるんならいいよ」

ということになってしまう。

それから二時間経ってもアキラは来ないから、本当に女の子を池袋でつかまえようとしているのかと思い、それにしても歓迎しない相手でも待たされるのは変な期待感が生まれ

て膨《ふく》らんでくるものだと思い、それでもまだ待たされるからもう来ないのではないかと思いはじめた頃にアキラがドアをノックした。

ドアを開けるとアキラは一人で立っていて、池袋から中村橋までずっと歩いてきたからこんなに時間がかかってしまったのだと平然としている。別に歩いてくるのはアキラの勝手だからそれに対して「平然としている」と思ったわけではなくて、二時間以上人のことを待たせて女の子まで期待させておいたくせに、その二時間が女の子を誘おうとする努力に使われたのではなくて、たんに百十円のお金がなかったから歩いてきたそのための時間だったという、そういうことに対して「平然としている」と思ったのだ。そういうのがぼくの表情にあらわれていたらしく、アキラは素早く察知して、

「ごめんなさい。今度くるときは絶対すぐに電車に乗ってくるから。

ね、ね、今日は怒らないで」

と、過剰な哀願の声で謝って見せるのだけれどその中に馴れ馴れしさが混じっているのがアキラの独特の調子で、だから謝っていることにはならないけれども、まあ、それがなくなってしまうとアキラとも言えなくなるのかもしれなくて、そしてしゃべり終わるとアキラはすぐに上がり込んでぼくの部屋を見回しはじめた。

「へエーッ、すごいじゃん。

こういうの2DKっていうんでしょ。あ、2LDKっていうの？　ねえ、どっちよ。Lって何のこと？」

「知らなくていいよ」

「でー、すぐそう言うの。

そうか2LDKか。

台所だけで長崎さんのところより広いじゃん。長崎さんのところなんか陽なんか全然当たらないで、そのかわり窓からすぐ隣りのうちの電気の明かりが入ってくるから、ガラスに紙貼りつけてるんだよ。

すごいでしょ。アハハ」

長崎というのはアキラが慕っている映画を撮っているやつのことで、長崎は仕事が不定期でそれだけ収入も少ない。長崎が金のない話なんかをはじめるとアキラは調子にのって止まらなくなる。

「長崎さんがこのあいだ取材されて、お金もらえなかったからハラ立って、帰りに石蹴っとばした話知ってる？　知らないの？

じゃあ、教えてあげるね」

「『教えさせてください』と言えよ」

「いいじゃん。それでね、石だと思って蹴っとばしたらコンクリートだったの。ほら、よくあるじゃん。コンクリートが土からちょっとだけ出てるヤツ。あれだったの。それで蹴っとばしたら革靴こわれちゃったんだって。ガハハハハハ。よく足の骨が折れなかったよね。

わ、こっちは何？　八畳？　八畳もあるの。すごいね。

六畳と八畳かあ。山本さんなんか明美さんと二人だけど、もっとずっと狭いよ。2DKだなんていばってたけど、山本さんのところなんか、部屋を細かく分けて、それで部屋三つって言ってるだけだもんね。

玄関から入ってさあ、トットットットッて、十歩ぐらい歩くともう三つ通っちゃって外に落っこっちゃうの。

ここなんかさあ、右と左に部屋が分かれてるんだもんねえ。こうじゃないと二部屋なんて言えないよね。

ねえ、昼間は陽も当たるんでしょ。当然かあ」

アキラはそこで一息ついて、ぼくの方に振り向いてから意味ありげなところを強調するような笑いをつくって見せて、

「ねえ、訊いていい？」

と言ってきた。

「ねえ、でもなんで一人でこんな広いところ住むようになったの？

結婚するんじゃ、ない、よ、ねえ。

女にふられたんでしょ。

わ、本当にそうなんだ。女と住もうと思ってたのがダメんなったんでしょ。

うん。でももう大丈夫だよ。アキラ君がついていてあげるから。もう淋しくなんかないからね。

じゃあ今度、テープつくってきてあげるよ。いい曲ばっか集めたヤツ。失恋したときなんか聞くといいよお」

と、こんな調子で、アキラが話しつづけるのを聞いていると人間も物もアキラの世界に歪《ゆが》めて押し込まれていくような気になってくるから、やはりある種の才能はあるのかもしれないとも思えてくる。

とにかく、しゃべりつづけているアキラを風呂に押し込んで黙らせて、それから隅に転がっていたウィスキーを与えるとしばらく静かになって、ステレオのある方の部屋に入って順番にレコードを引っぱり出して一曲か二曲ずつ次から次とかけているから、ぼくはもう一方の部屋に布団を敷いて寝ることにした。そうなるとアキラはレコードはどうでもよくなって何度もぼくのところにきて起こそうとする。

ぼくはそのたびに押し返したり布団の中から蹴っとばす真似をしたりしていたのだけれど、それでもアキラはぼくのところからしつこく離れないからしまいに煩《わずら》わしさがたまってゲンコツで殴ってやろうとしたら暗い中で思いがけず強くアキラのこめかみを殴りつけるハメになってしまった。さすがに痛かったらしくて、アキラは嗚咽するように咽から声を絞り出しながら泣いているらしかったが、アキラというのはそこで同情したり心配したりするとまたそこから調子にのってくるようになっているので、ぼくはそのまま知らん顔をして布団の中にいた。そうしているとアキラはまだ少し声を絞り出しながら隣の部屋に移っていったのだけれど、すぐに台所に出てきてカップラーメンを見つけ出して食べていた。

次の朝、出勤時刻より結局二時間遅れて目を覚ますと一応アキラも気をつかってか起き出してきた。そして二人でコーヒーを飲んでいると、

「ぼくはいいよ。二、三日ここにいることにしたから」

とアキラが言い出し、ぼくにしても留守のあいだなら別にアキラと一緒にいる煩わしさもないわけだからそれでいいことにして鍵を渡して部屋を出た。

アキラはいつも大きなズダ袋を下げて歩いていて、着替えというより取りあえず持って

いる服が全部その中に入っていることになっているから、それで二、三日ずつ誰かの部屋を泊まり歩くのがあたり前で、アキラが一度来るというのはつまりそうなることなのだと人を納得させるようになっている。

アキラが三晩泊まって出ていくと今度は島田という、長崎と同じように映画を撮っている矢田を慕って北海道から三年前に来たやつがぼくの部屋に泊まりに来た。島田というのはあの頃もう二十五か六になっていたと思うが、これは見ようによってはアキラよりずっと変な人間で、出身は九州で九州のどこか医学部のある大学にはじめ行ったらしいのだけれどつまらなくてすぐにやめて今度は北大に行き直し、そこで札幌まで上映会に行った矢田の16ミリ映画に感動して結局北大も二年だかで中退して、その頃矢田のいた古くてやたらに安いアパートの一部屋が空くのを待って東京に来てしまった。

そこまでしたのに島田が一本も映画を撮らなかったのはたんに度を越した無気力な人間だからで、島田が何もしないでアパートの部屋にごろごろしているのをぼくが覗きに行ったときには、島田は「燃料取扱二級試験」というようなよくある資格試験の問題集を敷きっぱなしの布団に寝そべって読んでいた。

「島田、資格とるのか」

と、ぼくが言うと、島田は受け口で舌が長すぎるか短かすぎるかのどちらかの人間によくある音節が切れ切れの早口で、

「や、読むものが、ないからね。このあいだ、家、帰ったときにこれ、あったから持ってきた」

と、ちょっと予想しない答えを返した。

「でも、つまらないよね」

と言いながらそれでも一段落の残りなのかしばらく読んでからぼくと話をはじめたことがある。

その島田が十日間ぼくの部屋に泊まりに来たのは彼の部屋が矢田の映画の撮影に使われることになったからで、島田はそれならそれでと簡単に出てきたらしい。島田は自分に映画をつくる気のないことがわかってから、パチンコ屋や定食屋で働いてみたりしたらしいが長つづきせず、次にコンピューターソフトの会社に勤めてみたらそれが意外に性に合ったらしくて、あの頃ですでに一年以上勤めていて小さいところだろうから早くも主任だか何かになっていたらしい。

最初の晩、島田は小さな紙袋を一つ持って背広にネクタイという格好でぼくの部屋に来

た。驚いたことに島田は背広だけ布団のわきに置いて、あとはネクタイも外さずズボンも脱がずに布団に入って眠ってしまった。小さな紙袋に入っていたのは替えの靴下で、朝になると靴下だけ取り替えてわきに脱いであった背広を着て出掛けて行った。

島田は背が高くて痩せている。引き締まったといったようなものではなくて、ただ肉がないだけなのだから肌の白さと一緒になって情けない上半身に見える。そういう人間はあまり汗をかかないという思い込みが前からぼくにはあるのだが、それにしても島田はぼくが毎晩風呂に入っているのにもいっこうかまわず、ネクタイのまま布団に直行するかぼくと少し酒を飲むかするだけで、一週間経ってもまだ風呂にも入らずワイシャツも着替えないでそれがごく当然という様子をしていて、そろそろ自分のアパートに戻るのが近づいた八日目の晩に、

「おれも風呂、入ろうかな」

と言って風呂に入り、そのときに下着とワイシャツを替えた。

風呂から出てきたばかりの人間が顎を上に向けながらワイシャツの一番上のボタンをとめているのはなかなか珍しい眺めでおかしかったが、さすがの島田でもネクタイを結ぶことまではしなかったのが見ていて少し残念な気もしたとでも言えばいいのだろうか。その気持ちは日常よくあるふうーっと言葉として形になりかけてしかし形におさまるより少し

前に消えてしまうものだったのだけれど、島田といる時間の総体が何か形になりかけてそのままどうでもいいように消えたり流れていったりしてしまうものだったせいなのか、このときの気持ちの、言葉に結びかかってそうならない感じが今になってもときどき戻ってきて、その柔らかに気持ちの動いていく心地良さのようなものを味わうことがある。島田はアキラとは対照的に存在の主張がなくて、横にいるだけでいつも軽いおかしみがあってそれがちょうどいい距離のとられ方で伝わってきた。

島田の部屋での撮影は一日二日と延びて結局二週間ぼくの部屋に泊まることになったのだけれど、そのあいだ島田とした話の中身を今では一つも憶えていないのも島田といた時間の流れ方がぼんやりしていて節目を見つけにくかったからなのだろうと思う。ぼくの部屋を出ていくときに島田は、ぼくが買っただけで放っておいた十冊揃いの文庫本の四、五、六巻を、

「これ、借りて、いいでしょ。読みかけちゃったから」

と言って持っていきながら、たまにこうして本を借りがてら泊まりにくるとつけ加えて行った。

アキラが泊まった三日間で部屋にいる時間のテンポのようなものが狂ってしまい、外に煮干を置くという習慣になりかかったものも途切《とぎ》れてしまった。といってもそれはとりたてて残念なことでもなくて、いずれにしろ外の煮干を食べていたのが茶トラの子猫ではなくて他の猫なのだという気持ちが強くなっていたからそれはどうでもよくなっていたのだ。それから島田が泊まりに来て、そのあいだ陽気がすっかり落ち着いて暖かくなり、アキラが来る前に咲きかけていた桜が満開になりそれも盛りを過ぎていくのだけれど、花見というのはいつもと同じようにその年もしなかった。ただ、ぼくは年を追うごとに桜が好きになっているから、同じ目的地に行くにしてもできるだけ桜の木がある経路を選ぶようにしたし、仕事をぬけ出して千鳥ヶ淵の溢《あふ》れかえる桜も見に行った。

茶トラの子猫と次に出会ったのは島田が自分のアパートに戻った翌日だったはずだ。これまでと同じマンションの前で、傍らの桜の木は散りそびれた花びらを残してすでにだいぶ葉をつけはじめていた。ぼくの何メートルか前を横切ってポリ容器の置き場に跳び込もうとする子猫を見つけて、そこで、

「ツュッツュッ」

とぼくが舌を鳴らしたところまでは同じで、そうすればポリ容器の向こうにぬける動作を中断して振り返るはずだったのに、子猫は予想に反してそのまま通りすぎて数メートル

奥の自転車置き場まで行って、そこでやっと止まり、そして全身を敏感なセンサーにしてぼくのことを見た。

子猫は並んでいる自転車のあいだで首だけこちらに向けて耳を後ろに引っぱったまま止まっていて、そこにぼくと子猫のあいだにかろうじて生まれた均衡があった。ぼくの安易な期待は消えた。

ぼくは鞄に小さなカツオぶしパックを五パックも入れて歩いていて、今度子猫と会ったときには少しずつ手前にカツオぶしを撒いていき、そのカツオぶしを子猫が道々食べつづけ、最後にはぼくの部屋まで子猫が来ているなんてことを考えていたのだ。それを思いついたとき、考えの子どもっぽさにうれしくなってしまい、それを真顔で実行してみることに、ある種の真剣さが人に伝えられないと思うときに生まれる、そういうとき特有の喜びをえられるだろうと思っていたのだけれど、それが数メートル先にいる子猫の剝《む》き出しの敏感さで消えてなくなってしまった。次の出会いでそれが実現されることは期待薄だとしても、ぼくは子猫との関係が近づくことこそあれ離れてしまうことなどないと思い込んでいたのだ。

それでもぼくは静かにカツオぶしパックを切ってカツオぶしをぱらぱらと撒いた。あいにく風が子猫とぼくのあいだを横に流れていて、カツオぶしの匂いは二人の距離から考えても子猫に届きそうになかった。ただ散り残った桜の花びらが途切れ途切れに舞い落ちてくるだけで、しかしそういうかすかなものだけでも子猫に刺激になって逃げ出してしまうのではないかと心配しかけたとき、その花びらの一片が子猫の鼻先に落ちた。

子猫は耳をくるっと前に向けて首を伸ばしてその花びらに鼻を近づけた。ついそのときまであった緊張や敏感なものがどこかになくなって、散り落ちた花びらの匂いを嗅いでみている子猫のまわりには、もう風も吹いていないように思えた。花びらは野良の子猫が見つけた小さなおもちゃのようで、ぼくは子猫の邪魔をしないように、封を切ったカツオぶしパックをそおっと下に置いて離れることにした。

# 2

部屋に戻るとぼくはついさっき起こったことを誰かに話したくて、そうなるとやはり一番話の通じやすいのは知らないうちに子持ちになっていたゆみ子ということになり、彼女に電話したのだけれど、ゆみ子はぼくが話すのを聞きながら途中で、

「それ、もしかしてよく似た茶トラが、二匹いるんじゃないの」

と、予想外のことを言い出した。桜の花びらに鼻を近づけた子猫の可愛さと別に、子猫が期待に反した反応をしたのがどうしても気持ちの中でひっかかってもいたのだけれど、ゆみ子の一言でそのひっかかりも何か混ぜ返されたというかはぐらかされたというか、とにかく話題はぼく個人の気持ちのひっかかりから離れた方に移っていった。

「このあいだもそうだったけど、いつも対象を限定しないで、〝もう一つ別の〟っていう風に考えるのには感心するよね。なんか活発なものがあっていいよ」

「このあいだもそうだった」というのは、外の煮干がなくなっているのを茶トラではなくて他の猫が食べているんじゃないのと言ったことを指しているのだけれど、それがゆみ子に通じていたかどうかは話している二人にはどうでもいいことでゆみ子はそんなことに関係なく、あたり前だと言いたげな調子で、

「だって、猫ってそういうものなのよ」

と、答えてから、

「あなた、猫好きじゃないわね。まだ」

と、こちらがうすうす感じていたことをするりと言うのは二十歳の頃と変わらないゆみ子の話し方で、ぼくはやはりそうなのだろうかとつい納得してしまう。それでも、

「でも、夜遅くなると新宿だって池袋だって、ノラ猫が歩いてるぐらい知ってるよ」

と、反論してみると、

「そんなこと、どうだっていいのよ」

と簡単に言われてしまいかけたが、

「そうかあ。

いままでそういうことも知らなかったんだ。猫なんかどうでもいいと思ってる人は、見ないものね。それはたいした進歩かもしれないなあ。

でもね。

あなたの事情は猫には関係ないから。

もともと猫は、猫の見えてない人相手に歩き回ってるわけじゃないから。

あなたに猫が見え出してはじめて、猫にもあなたが存在するようになっただけだから。

やっと、あなたは存在をはじめたばかりなのよ。初心者」

と、ゆみ子は独特の言い方をはじめる。

「だから、もっと謙虚になってつきあおうとしなくちゃ。

あなた、もう煮干も置いてあげてないでしょ。

猫って、一匹だけ選び出すのって、できないんだから。猫はつねに猫全体なのよ」

と、こんな言い方をゆみ子はする。猫は一匹ではなくてつねに全体だなんて言い方は実に抽象的な表現に聞こえてもいいはずなのに、ゆみ子が言うとやはり具体的な表現なのだ。

ぼくはそういうところが好きでゆみ子の言うことをほぼ全面的に受け入れてしまいたくなる。それからいくつか猫と関係ない話をして、今夜からまたちゃんと部屋の前にご飯を出すようにしますと言って電話を終わりにして、コンビニエンス・ストアに行き缶詰のキャットフードをたしか八缶買ってきた。前に買った煮干も残っていたのだけれど、あの晩の気分としては煮干は猫のものと決まっているわけではないので曖昧で、自分の行動を明確にするためには猫のためにつくられたキャットフードにする必要があると思ったのだ。

キャットフードの缶詰は缶の蓋《ふた》を切りはじめただけで、ぷうんと鼻の奥に入ってくるような匂いをまわりに広げ、これなら煮干やカツオぶしよりも効き目があるのは間違いなくて、猫たちなら五十メートル先にいてもこの匂いを嗅ぎつけるだろうと思った。しかしそうなると、やっぱり茶トラの子猫よりももっとずっと強くて憎らしい猫が寄ってきて、結局子猫は食べられないいんじゃないかと思ってしまうのだけど、ゆみ子の忠告を聞いて猫全体が好きなお兄さんとして振舞うことにした。

猫たちが寄ってきすぎて鉢合わせしてしまってこの部屋の前で喧嘩をはじめたらどうしようかなんてことも考えかけたのだけれど、そういう想像は別に心配でもなんでもなくてむしろ考えて楽しむことの部類に属するもので、考えがそういうことに流れはじめているともうそれからは取りとめのないものになっている。

内容量二百十グラムと印刷されている缶詰のだいたい四分の一を別の缶に移して部屋の前、煮干を置いていたのと同じところに出して次の朝見たらちゃんとなくなっていた。煮干のときだってなくなっていたのだから当然なのだけどやはりうれしくて、出掛ける前にもう一度四分の一を出すことにして、会社から帰ってきてそそくさとその缶を覗くと今度はまったく食べた形跡がなくて、キャットフード特有の練った肉の表面が変色して固くなっていた。

匂いもはじめとは違ってどうも腐っているらしいのは、一日中陽が当たりつづけるところに置いていたのだからそれも当然だと思った。まあ、昼間は部屋の前は案外人通りが多いし、両隣の人が外で洗濯機を使ったりもしているので猫としては食べにくいのだろう、これからは夜中だけ出しておくことにしようと、古くなった中身を捨てて新しい四分の一を入れた。新しい四分の一はまた間違いなく猫が食べると思うと、キャットフードで見えない猫たちと密かな交信をしているような気持ちになってきた。


アキラが二度目に来たのはそれから一週間もしない頃で、この前来たときから三週間ぐらいしか経っていないことになる。

三週間というのはアキラにしてみれば異例に短い間隔で、アキラというのは二ヵ月や三ヵ月何も連絡してこないのがあたり前なのだ。何ヵ月連絡がなくても連絡してくるときには昨日かおとといにでも会っていたように話をはじめる。その晩は、電話で一声聞いただけでアキラの声にいつもと違う張りというか調子の高さがあって、舞い上がっているのがすぐにわかった。

「あれっ！

今夜もちゃんといてくれたんだ。最近、酒飲んだりしてないの？

そうかア。やっぱり特別な縁があるんだよ、ぼくたちって。

ねえ、いまもう中村橋っていう駅に来ちゃってるの。これから行っていいでしょ」

と、アキラはアキラのペースでしゃべるから、

「ちゃんと女の子二人連れてきてるんならいいよ」

と言い返すと、

「ハッ、ハッ、ハッ！

それがちゃんといるんだよね」

と、アキラはそれを待っていましたと新劇俳優のように笑って見せた。

「でも二人じゃないけどね。一人だけど。

スッゴクいいんだよ。三人分ぐらいいいんだよ。見たらゼッタイ好きになるよ」

「おれが好きになってどうするんだよ」

「いいじゃん。

好きになったらさあ、お話ししてあげるから。いくらお話ししてもタダだよ。ハッハッハッ！

もう三十でしょ。若い子とお話できるだけで楽しいでしょ。みんなから、うらましがられるから」

「う・ら・や・ま・し・が・ら・れ・る、だろ？」

「あ、もうヤキモチ焼いてんの？

じゃあ、これから行くからね。

待っててね」

と言ってアキラがぼくの部屋に連れてきたのがよう子という女の子だった。

アキラが大声で呼んだドアを開けるとアキラの一歩後ろに立っていて、「こんばんは」と言って笑ったその笑い顔が整っていると思った。笑い顔というのはだいたいがくずれるもので、それは笑っているのだから見ているこちらもそれでいいとか可愛いとか思って受け入れることになっているのだけれど、よう子という女の子の場合、笑い顔がくずれないで整っていた。

そういうちゃんとした顔を見せられると「この野郎」と、もちろんよう子ではなくてアキラに向かって「この野郎」と思うに決まっていて、実際いったんはそう思いかけたが、アキラとつきあうには普通に育って普通に暮らしている程度の女の子ではダメだろうとも考えていたことを思い出して、つまりこういうことなのかと納得することにした。

アキラはよう子の手を握ってすたすたと上がり込んできた。そういうアキラの態度というのは馴れ馴れしいとかずうずうしいというのを通りこしていて、むしろ態度が一貫している爽快さのようなものがある。そしてなんとなく中を見回すようにして、

「ね、二人で泊めてもらうのにちょうどいいでしょ」

と、よう子に言うと、よう子は、

「え？　泊まるの？」

と口にしてみたのだけれどすぐつづけて、

「そうよね、もう電車なくなっちゃうんでしょ」

と言っていて、二人はぼくに関係なく二人の都合だけを話し合っていた。

それからよう子は台所の椅子に腰をおろしかけたがやめて、そのまま窓の方にいって外を眺めはじめた。アキラが部屋に上がり込んでくるときの遠慮のなさとも違っていて、よう子が窓のところまで歩いてそこでじっと立っている様子はこの部屋がもともとよう子のだったと見えてしまうような自然さがある。

感心するというのも変だけれどそんなことを思いながらはじめに見た笑い顔なんかと考え合わせてぼんやりしているあいだに、アキラはほんの三日前に代々木公園で声をかけたんだというようなことを耳打ちしてきて、それを聞きながらぼくは勝手に、よう子も無一

文で仕事もなくて大学みたいなところにも行っていないのだろうと考え、そういうよう子がお金がなくても少しも困らないアキラと会ったのはその辺のめぐり合わせなのだろうと思っていた。そうしていると窓のところからよう子が振り向いて、

「畑は見えないんですか」

と訊いてきた。

「中村橋とか練馬とかいっても、畑ばかりとは限らないんだよ」

「でも途中にも、畑、ちゃんとありましたよ」

「二階だったら前の家の向こうの畑が見えちゃうけどね」

「じゃあ、コヤシのニオイなんかしてくるのかなあ」

と、よう子が言うとアキラが喜んで、

「ねえ、コヤシのニオイなんかするの？　うちの田舎でもしないのに。すごいじゃん。そうだよね。ここ田舎だもんね。渋谷や新宿から電車一本で来れないんだからね。田舎じゃなきゃこんな家に住めないよね」

と言うと、

「渋谷だって新宿だって、畑のあるところまで電車一本で行っちゃうのよ。東京って田舎なのよ」

とよう子が言った。よう子が畑を見たがっていたのかそうでないのか、東京が田舎なのがつまらないと思っているのかどうなのかがそれではわからなかったから、

「東京が田舎なのがどうなの？」

と、こういう質問特有の返答しにくい訊き方をしてしまったのだけれど、よう子は、

「それだけ」

と言っただけで、

「もう風が気持ちいいのね。夜でも」

と言ってまた外を見ていた。

しばらくするとアキラは風呂に入るからと、よう子に一緒に入ろうと誘ってみたが、ぼくの前で一緒に入ることに気がひけたのかそれともただ一緒に入りたくなかっただけなのか、とにかく別々に入り、それからアキラと二人で隣の部屋に寝ることになって、それは特に拒否する様子もなかった。一人で入り込んでくるとあれだけ存在感を押しつけてくるアキラも女の子がいることでそれどころではないのかずいぶんおとなしくなっていて、そうなるとぼくはペースを乱されることもなく、前の晩と同じようにキャットフードの缶の四分の一を外に出している空《から》の缶に入れた。

次の朝、アキラは二、三日ぼくの部屋にいることにしたと言ってきた。夜のうちに話し

合いがうまくまとまっていたのか、それともよう子というのはそんなことにこだわらないたちでその場で決めただけなのか、とにかくよう子もそうすると言った。そうして、出掛ける間際にこの前と同じようにアキラに鍵を渡して、もし夜とか夕方に出掛けるならポストに入れておくようになんて言っていると、窓のところからよう子が、

「あの空き缶。外に置いてあるの。何のために置いてあるんですか」

と訊いてきたのだけれど、ぼくは正直に答えても何かおもしろくないような気がして、

「おまじない」

と答えてみた。そうするとよう子が今度は、

「何のおまじないなんですか」

とあたり前の調子で訊き返してきたから一瞬返答につまってしまったのだけれど、スニーカーを履《は》く時間だけ考えて、

「見えないものとのコミュニケーション」

と、嘘でも本当でもないようなことを言って会社に出掛けた。


会社に行くと昼すぎに三谷さんが時間あるかと言って、ぼくのところに来た。現に来て

しまったということはぼくに時間があるとはじめから決めつけているようなものだけれど、まあだいたいそのとおりでぼくには時間があって三谷さんと喫茶店に行った。

いつものとおり途中では何も話がなくて喫茶店に入って二人で向かい合わせに坐ってからはじめて三谷さんが、

「どう、元気？」

と、一見とても疲れてやる気も何もなさそうな調子で話がはじまるのだが、三谷さんがやる気がなさそうなのはそこまでで、そこからは昂揚する一方で新しい必勝法の説明になっていく。

「これはスゴイッ。

ゼッタイくる」

と言ったときの三谷さんの首はもうすでに発語の勢いで縦に揺れるぐらいになっていて、細かい字で書きこんだ一覧表にピンクとブルーとイエローのマーカーまで塗ってあるやつを鞄から引っぱり出した。

競馬というのは一開催という単位が土・日、土・日の四週間の合計八日間でできていて、三谷さんはその日までに開かれた六日間の全レースを一覧表にして、そこにある騎手と厩舎の配列から穴馬券がくる枠を見つけ出す方法を発見したというのだ。もちろんこの方法は前に三谷さん自身が言っていた語呂合わせや七赤だの二黒だのを使ったものとは全然関係がないと考えてかまわなくて、つまり三谷さんの方法は毎週変わる。三谷さんは競馬が実際に行なわれていない平日、毎晩のように中央競馬会が密かに作り出している暗号の解読法を探しているのだ。

「これ見てみなよ。

岡部が一日に三回も同じ4枠に乗ってるんだよ。気づいてた？　たった四回しか乗ってないのに、そのうち三回が同じ枠っていうのは変だと思わない？

俺、これ、先週の土曜の途中で急に気がついたの。ちくしょう、もっと早く気づいてればよかった。

で、土曜、終わってから慌てて家帰って、前の四日間の全部書き出してみたの。そしたらこれだよ」

というのがつまりはじめに見せられた一覧表で、三谷さんが暗号解読をしているのは平日だけではなかったということにもなる。

「それで日曜もやっぱりそうじゃない。

柴田なんてあんな売れっ子を五回しか乗せてないんだよ。で、そのうち三回がやっぱり同じ6枠。絶対変だよ。で、こっちも。こっちも真ん中の一番人気のないレースのときだけ来てる」

三谷さんの資料は新しい解読法を見つけるたびに緻密になってきているのだが、緻密になった分だけ話の説得力が増すかというとそうでもなくて、話を聞く方としてのおかしさが増すだけなのだけれど、そんなことは三谷さんには関係ない。

「それで、土曜の晩はこれ作るのに三時までかかったんだけど、それからが興奮して眠れないの。

一万円入れて八十万だろ。で、そこから八十万の買い物リスト考えてさ。この革ジャンもう飽きてきたから革ジャン買って、鞄もだいぶ古くなったから鞄買って。で、今つきあってる女の子が金かかるから、その子と旅行して。北海道は夏までとっておいて、伊豆ぐらいにして、伊豆だったら二泊で一人五万円もあればいいだろうから、十万で。でもやっぱりそんなのもったいないから自分の分は出張扱いにしちゃって、それでって考えてたら六時になってんだよ。

そしたら急に借金あったの思い出しちゃって、借金五十万あるから八十万でとりあえず二十万だけ返そうって——」

それで日曜日ちゃんと取れたのだろうか、それとも寝過ごして行きそびれてしまったという話になるのだろうかと、むしろそのあたりを知りたくなって口をはさむと、

「や、寝過ごしたりするわけない。だって、これは仕事だよ」

と三谷さんは言う。

「俺は自分の見つけた馬券は何があっても買うの。

もう人体実験だね。

え？　六レースの岡部はドンピシャ。でももう片方がわからなかった。まさか稗田敏厩舎の馬があそこでやるとは思わなかった。あそこだけはまだ早すぎると思って最初っから切ってたんだ」

三谷さんの「やる」というのはつまり穴馬券の片棒をかつぐことだけれど、やるイコール八百長というのとは違っていて、八百長はわざと負けることでやるは勝つことなのだ。

競馬というのは一日十二レースあるのだけれど、その中でみんなが揃って真剣に走るようなレースは三つぐらいしかなくて、他のつまらないレースでは何頭出ようが真剣に走るのは三頭か四頭だから、その馬を探し出せばいい。やるというのはその真剣に走ることなのだけれど、まあ、そういうわけでとにかく三谷さんは日曜日もすってしまった。それでも三谷さんの見つけた方法に間違いはなくて、土曜の夜中に考えたものをさらに完全にしたのがそのときぼくに見せた一覧表だったということになる。

「競馬会は一開催ごとにやり方を変えてるね。

二開催も同じのつづけるとこっちに知れるからね。しかも、その中で毎週少しずつ暗号を変えてる。

あいつら絶対、おんなじことしないから。

でももう大丈夫だよ。この土、日は完全だよ。

そうだ。まだ万馬券、出てないだろ。

ゼッタイ出す。土、日でどっちか、必ず万馬券出す」

「出す」というのは中央競馬会が出すということで、普通、万馬券というものは出すのではなくて出るという言い方をするのだけれど、三谷さんは競馬会がレースを仕組んでいるという前提でしか考えていないから、「万馬券が出る」のではなくて「万馬券を出す」としか言わない。そして、

「万馬券とりてえ！」

と三谷さんはなかば叫んだ。

「ああ、一発どかんと万馬券とりてえ。

三万円入れよう。

三百万コースだよ。三百万」

と言って少し静かになって、普通の声で、

「じゃあ、ね」

と言って席を立った。ここから先はその次の日の話になってしまうけれど、金曜日の午後に売られる翌日のレースの競馬新聞を見ると、同じ騎手が三レース同じ枠に入っているのなんか一つもなくて、それを見て三谷さんがどういう方法に切り替えたのか知りたくなった。三谷さんのことだからそこでまた新しい解釈を引っぱり出していることは間違いなくて、それでぼくの方も次の週に三谷さんと会うのがあらためて楽しみになってくる。

その日の夜、いつもより早く帰るとよう子は朝の空き缶の意味を見つけていた。といってもそれは、よう子の直観が特に鋭いとか観察が細かいとかそういうことではなくて、台所の隅にキャットフードの缶詰が三つ四つあって冷蔵庫を開けてみればまたそこに半分だけ残ったキャットフードが置いてあるのだから、外に出ていた空き缶とそれらを結びつけるのは難しいことでもなんでもなかっただろう。

そのよう子の発見を言い出したのがよう子本人ではなくてアキラだったことが面白い。空き缶の意味をよう子が知ったのが昼すぎで、それからよう子は喜んで冷蔵庫に残っていたキャットフードを外の空き缶に入れて、そして猫がそれを食べに来るのを窓からずっと見ているんだというようなことを、アキラはぼくが帰るとすぐに寄ってきて小声で言いはじめた。

アキラがぼくに本当に言いたかったのはそこから先で、つまりキャットフードのことがもとで、よう子がアキラではなくてぼくの方を好きになっちゃったら困るということを心配している。

「心配するなよ。よう子はおれじゃなくて、猫のことが好きなんだから」

なんてアキラに言っても答えにはなっていなくて、アキラは、

「そんなの、同じことじゃない？　オレよりも猫のことばっかり好きになっちゃったらどうすんの」

と言うのだけれど、そんな自分と猫との比較みたいなことまで真顔で言えてしまうところがいかにも恋愛のパワーで、それが面白いから、

「もともとよう子は猫が好きだったんだろ。おまえはそれに割って入んなきゃならないんだよ。頑張れよ」

と、また忠告にも激励にもなっていないようなことを言うと、

「でも、二人が猫が好きだったら、二人で勝手に話が合って、オレ、仲間はずれにされちゃうじゃない」

とアキラは話の流れをちゃんともとに戻してきた。

「そう思うんだったら、アキラも好きになればいい」

「だから、そういうことじゃないんだよ」

こんな具合の話になってしまうのは、つまりぼくの方に真面目に相談にのる気がないからなのだけれど、こそこそ言い合っているとよう子が、

「暗くなってからずうっと窓のところで見てるのに、ちっとも猫が食べに来てくれない。あの缶、猫のご飯入れるものでしょ」

と言いに二人のところにやってきたから、アキラの相談はひとまず打ち切られることになったのだけれど、よう子の頭にあるのはやはり猫のことで、

「ねえ、どんな猫なんですか」

という話にしかならない。

「知らないんだよ」

「え？　だって、いつもあげてるんでしょ？」

「最近だよ。それも夜だけ。夜のうちに来て食べてるから、わからないんだよ」

「朝になるとちゃんとなくなってるの？」

「うん」

「じゃあ、あたしが夜のあいだ見張っていればいいのね」

という話になると、よう子が起きているそのあいだアキラはずっと待ちぼうけを食わされてしまうことになるから、アキラの顔をうかがってみると実際アキラはぼくに向かって大げさに困った顔をつくって見せたのだけれど、そういうことを意識的にして見せる余裕があるのならいいだろうと思って、

「きっとアキラも手伝ってくれるよ。大好きなよう子ちゃんのためなら、アキラだって夜中起きて交替で猫が来るの見ててくれるだろ。なあ、アキラ」

と言うと、アキラが答えるより先によう子がアキラを見つめて、

「ホント？　一緒に見ててくれる？」

と言うからアキラも「うん」と返事するしかなくなってしまった。アキラとしては一分でも余分によう子の顔を見ていたいのだろうし、よう子が起きている横で一人でさっさと眠ってしまうこともできないだろう。

　ぼく自身の経験で言ってしまえば、好きで好きでしょうがない女の子と一緒にいるかぎり三晩ぐらいの徹夜は平気なのだ。そういうことをしているうちになおさら好きな気持ちが強くなってくる。それが相手の女の子にしてみれば迷惑だということもあるだろうけれ

ど、そういう子ばかりとも言いきれないだろうし、よう子の場合結局それだからといって良くも悪くもならないような気がしていた。まあ、あのときそこまで考えてアキラをたきつけたわけではなくて、たんに面白半分で言っただけだったからアキラには迷惑だったかもしれないが、それもたいした問題ではない。

あの晩二人がどれだけ眠ったかはわからないが、二人の努力にもかかわらず猫は二人の気づかないうちにキャットフードを食べて行ってしまった。そして次の日になるとアキラはカメラを取り出して、窓のところにばかりいるよう子を撮りはじめるようになった。

「だってさあ、このままよう子ちゃんがぼくのことを好きじゃなくなったら、もうよう子ちゃんと会えなくなっちゃうじゃない。

だからよう子のこと、今のうちにたくさん撮っておくことにしたんだ」

そういうアキラの考え方はやめておいた方がいい考え方だとは思うが同時によくわかりもしたし、そういうことを聞かされるとアキラもやはり悲観的になったり否定的に考えてしまったりすることもあるんだとあらためて思いもした。

それより前に映画をやっている長崎から、アキラと新宿駅で別れて別々のホームを歩いたときに向こうのホームを独りで歩いていくアキラの姿が十歳も年をとったように厳しい様子に見えて驚いたという話を聞いていたことを思い出しもしたのだけれど、まああまりアキラの内面なり実像なりをそこから決めつけてみてもお互いにとって面白くなさそうなのでそのことを過大に考えるのはやめることにした。それにそんなことよりも自分の顔にあれだけの存在感を与えた写真を撮ってしまうアキラが、好きなよう子のことをどういう風に撮るのかの方が興味深かった。

その日のうちによう子は自分の部屋に戻って着替えを取ってきて、ぼくの部屋に長くいる意思表示をした。アキラの方はもともと着替えの入った大きな袋を持ち歩いているからよう子につきあってぼくの部屋にいることに不都合はなくて、結局二人はずるずるとぼくの部屋にいるようになった。

ぼくを含めた三人の部屋の分け方はその後も変わりなくて、ぼくが一人でアキラとよう子が二人で隣の部屋なのだけれど、隣で二人が夜中に何をしているのかといえばセックスではなくて、よう子が窓からキャットフードを食べに来る猫を見つけることだけに熱心になっているものだから、二晩目からすでにアキラはそれを別に応援するのでも助けるのでもなくただおあずけを食わされているという気持ちだけを強めていた。二晩目も三晩目もどういうわけかよう子は猫を見つけられなくて、四晩目にとうとう眠っているぼくのところにやってきて、

「いま、猫が食べに来たの」

と、うれしそうに話しはじめた。

「黒で、顔の一部分と足の先のところが白いの、ああいうの、パンダ猫っていうのかなあ。でも、ブタ猫なの」

「やっぱり茶トラじゃなかったか」

「あの子、きっといろんな家で食べて歩いてるからあんなブタになっちゃったのよ。でも、猫がご飯食べてるのって、上から見てるとかわいいのね。丸くなってお行儀良くて、頭だけちょこちょこ動かしてるの。とっても一所懸命なの」

と、そこまで一通り言い終わってから、よう子は、

「ねえ、いま言った茶トラって何のことですか」

と訊いてきた。

ぼくはよう子が自分の話に忙しくて今の茶トラの一言を聞いていなかったのか、それとも案外よう子はうっかり聞き逃したり見そびれたりするところがあるから三晩も猫を見つけられなかったのかと思ってみたり、それとも全然違ってぼくが寝呆けていたから茶トラと口にしたつもりで言葉にはなっていなかったのだろうかなんてことまでぼんやり考えながらよう子の話すのを聞いていたのだけれど、そのどれでもなかったことに安心したような気になって茶トラの子猫の話をした。

ぼくの話すのを聞いて、

「じゃあ、あしたからアタシ、その茶トラの子、探すことにする」

と、よう子はまた一つ楽しみができたことに喜んでいるのだけれど、話の途中からぼくのところにきたアキラにはまったく出番がなくて、横にいても黙っているしかなかった。

次の日からよう子は窓の外のキャットフードのことも気にしながら、キャットフードの缶詰とカツオぶしパックを持ってアパートのまわりを歩き回るようになり、アキラはカメラを持ってよう子のあとをついて歩くようになった。

ところで、二人の転がり込んできた人間がどうやって食べていたのかといえば、もっぱらぼく一人の収入に頼っていただけでアキラもよう子も何かするわけではなかったのだけれど、窓のところで猫の来るのを待っていたり茶トラの子猫を探し歩いているよう子と、そのよう子を写真に撮っているアキラではたいしてお金がかかるわけでもなくて、ぼく一人の収入で困らなかった。

それによう子は適当な材料を集めてまめに食事をつくるからぼく一人でいるときの外食代よりもむしろ安くつくくらいだし、アキラの方はどこからかフィルムをまとめて調達してきてそれをまたどこか知り合いの現像所に出しているらしくてそれにもお金はかからないようだった。それからぼくの給料が四月からあがっていたのも幸いしていて、お金があるというのはつまりこんな風にして人間が気楽なことをしていられることなのかと思うと、お金の必要性や価値にもはじめて少しばかり目覚めたような気にもなった。

競馬場には相変わらず毎週石上さんと通っていた。五月末になると〝ダービー〟があり、その前哨戦のような〝ＮＨＫ杯〟というレースが五月のはじめにある。

競馬場の芝生は十月くらいから緑から黄色に、それから土と同じ色に変わっていき、それがまた緑に戻るのはたぶん四月くらいからのはずなのだけれど、ぼくは別に競馬場の芝生を鑑賞しに行っているわけではないから途中の芝生の変化には気がつかないでいて、突然競馬場全体の芝生が緑色になっているのに気がついて驚くことになる。それがＮＨＫ杯というレースがあった五月はじめの日曜日だったのだが、あの日は前夜の雨も手伝ってなおさら芝生がきれいに映《は》えていたのかもしれない。

あの日も二人はだいたい収支とんとんのような競馬をつづけていてそのままメインのＮＨＫ杯になった。ぼくは関西からはじめて東京に来たラグビーボールという名前の馬が気に入っていてそれを石上さんに強調してみたのだけれど、

「だから、ラグビーボールなんていうの、馬につける名前かって、言うの。頼むからもう

少しちゃんとした名前をつけてくれよ」

というのが石上さんの競馬へのこだわりで、石上さんはヨーロッパで生まれた競馬の伝統と日本の競馬がまったく違うものになっていることを嘆いてみせる。その辺は三谷さんが日本の競馬に真実も何も求めていないのと対照的で、三谷さんは語呂合わせの材料程度にしか馬の名前のことを考えていない。

「ディヴァイン・ギフトだとかネヴァー・セイ・ダイだとか、そういうのつけられないのかよ。ラグビーボールじゃ頭の使い方が違うんだよ」

と石上さんはつづけて言った。ネヴァー・セイ・ダイとは、NEVER SAY DIEのことで、その子はDIE HARDというのだから確かに外国の馬の名前には絶妙なものがあるが、ラグビーボールという名前もぼくはまんざら嫌いではなくて、

「ラグビーボールの馬主の小田切有一って、去年のノアノハコブネの馬主と一緒なんだって。で、小田切さんていうのは文芸評論家の小田切秀雄だか進だか、どっちかの息子なんだって」

と、つまりぼくの競馬の知識はレースと関係ないところで広がっている。

「じゃあ、もうちょっとましなの考えられるだろ」

「マンヨウシュウとか?」

「だから、そうじゃなくて——」

などとこの手のどうでもいい話をしながらいつまた雨が降り出してもおかしくないような天気の中を歩いていると、つい二、三日前にニュースのあったソ連のチェルノブイリの原発の事故のことを思い出して石上さんに言ってみたら、石上さんは意外にも、

「あと一週間ぐらいは雨にあたっても大丈夫らしいよ」

とまともな答えをしてきた。

石上さんのことだから「どうせもう終わりなんだよ」ぐらいにしか言わないような気がしゃべりながらしていたのだけれど、そうならなかったのはきっとぼくの話し方が空模様を気にする程度でしかなかったからなのだろう。それから馬の放射能汚染のことに考えが流れていき、ソ連だからおそらく日本の北の方が危ないのだろうし、そうだとしたら北海道や青森が日本の馬産の中心でそこの牧草を食べて育つ子馬は虚弱になるのだろうかなどということまで考えていてそんなことを石上さんに言うと、石上さんは、

「放射能の突然変異でメチャクチャ強い馬ができるんじゃないか」

と、どうでもいいような感じが半分、本当に突然変異で強くなるという感じ半分の調子で答えてきた。

この答えというか考え方がいかにも石上さんらしくて、ぼくは今になっても繰り返し思

い出しながら石上さん特有のどうでもいいような調子の持っている明るさは何なのだろうかと思ってみる。石上さんのこの明るさが出るとそこまでの考えの流れが見事に断ち切られてどこかに飛んでしまうのだ。


それから何日かして珍しく夜遅くまで酒を飲んで帰ると、アキラがぼくの寝る部屋でレコードをかけていた。おそらくぼくがドアを開ける音が聞こえるまでぼくの帰ってくるのをずっと待っていたのだろうが、その様子が露骨だといけないからぼくが戻った途端《とたん》に何気なくただレコードを聴いていたのだという風に見せようとしたのだろう。アキラの目つきが普段と違ってどこか卑屈な感じになっていたからそう思ったのだけれど、

「遅かったじゃん。せっかく、たまにはゆっくりお話してあげようと思ってこっちにいたのに」

と、淋しがっているとき特有の恩着せがましい言い方をアキラがしてきたので、間違いないと思った。ぼくがそれと関係なく着替えをして洗面所に顔を洗いにいくと、アキラはそれについてきて後ろに立ち、歪《ゆが》んだ唇から歯がこぼれないように曖昧にとじて、真っ直ぐさせた上半身をギクギク揺らしながら「へへ」「ねえ」とぼくの背中や腰を途切れ途切

れにつついてきた。

「どうしたの？　セックスしないの？」

と、ぼくがからかってやるとアキラは「ビャーッ」と笑いをつくって、

「なんでそう、人が傷つくようなことを言うの」

と、大げさに顔を歪めて見せようとしたのだけれど、大げさに自分をつくった拍子にアキラの目から卑屈さが消えて、だいたいのところいつものアキラに戻っていた。

「セックスしないの？」

「全然そんなのさせてくれないよ」

「『させてくれない』じゃなくて、『してない』でいいの」

「うん、じゃあ、してない」

「最初から？」

「え？」

「最初から一回もしてないの？」

「二回した」

「じゃ、よかったじゃん」

「あ、三回した」

「そりゃよかった」

「よくないよ、ちっとも」

「ファッションマッサージで一万円使って指だけの人だっているんだよ」

「オレ、一万円なんて持ってないもん」

「だって、タダだったんだろ」

「あたり前じゃない。オレ、もてるもん」

「じゃあ、なおさらいいじゃないか」

「だから言ってんじゃん。ちっともよくないんだよ」

「できないときは違うこと考えてろよ」

と言ってそのあとに「でも無理か」とつけ加えかかったけれどやめた。そうして二人で少し黙っているとアキラはガキガキと頭を掻《か》いて見せ、それから、

「写真撮ってこよ」

と言ってよう子の眠っている方へ行った。

そんなことをあれこれしながらアキラにつきあっていたものだからようやく寝たのがもう空が白んでからで、目が覚めたのはよう子が茶トラの子猫探しから戻ってきた音がしたときだった。

「ちっとも見つからないの」

　と、ドアのしまる音で少し首を上げたぼくに向かって言ったのだけれど、感心したことにそのよう子の後ろにはアキラがカメラを持ってちゃんと立っていた。アキラの熱心さを見せられて、つい、

「今日、豊島園に行こうか」

　と言ってしまうと、アキラはよう子を跳び越えるようにしてこっちにきて、

「うん、行こう。早く行こうよ」

　とぼくの布団を剝《は》ぎ取った。

　それでもぼくの方はなかなか目が覚めず、三十分近く布団とアキラと眠気を相手にもたもたと戦い、それから自分でもあきれるほどののろい動作で顔を洗い、よう子の淹《い》れてくれたコーヒーをやたらと時間をかけて飲んだりしてそうしながらようやく何とか動ける程度に目が覚めてくるのを待って出掛けることになったが、そんなことをしているうちにすでに昼すぎになっていた。それでアキラに、

「ごめん」

　とちょっと謝ってみたのだけれど、こういう目的があるとアキラは全然平気な顔でとにかく珍しいことをするのがうれしくて、

「ホント、おせえんだよ」

と言って、カメラとよう子の持っていくカツオぶしパックとキャットフードの缶詰と缶切りを入れたスーパーのビニール袋を持って先頭を歩いて行った。

五月の晴れた日というのは本当に空が青くてゆっくり吹いてくる風が暑さの手前のところで気候を一番いい感じにしてくれていて、心もからだの皮膚も毛穴のひとつひとつもみんなひらかれた気持ちになってくる。そんな日にのんびりと歩いているのだけで楽しいのに、行き先が遊園地ということになるとからだ全体がむずむずしてくるようだった。

ぼくは歩きながらアキラに、写真に撮られるよう子はそれを意識したりあるいはアキラの方から何かよう子に注文をつけたりしているのか訊いてみた。

「そんなこと全然ないよ。ただ撮ってるだけ」

「そうだろうな」

と予想どおりの答えを聞いて、それから、

「今度見せてよ」

と言ったのだけれどアキラは、

「ダァメ。よう子ちゃんの写真は誰にも見せないんだ」

と、誰かから素っ気なくされるとなつき、寄ってこられるともったいぶって見せるいつ

ものアキラの調子で答えてから、

「へへへ、今度どっかで個展やるんだ。よう子ちゃんの写真ばっかりダーッと貼《は》りまくって。いいでしょ」

と言った。

そんなことを話していると茶トラの子猫のいたマンションの前に来ていて、このあいだまで花だった桜の木が全体に緑の葉っぱを繁らせているからそれも楽しくなって眺めていると、後ろにいたよう子が小走りに駆け出して桜の根本を見に行った。そこにはキャットフードの缶が置いてあって、中を確かめてからよう子が振り返って、

「今日はまだ食べてない」

と言ってきた。

「だって、さっき置いたばっかりだろ」

「うん。でもさっきって言ったって、もう、二時間くらいになるでしょ」

「いつもちゃんとなくなってる?」

「うん。でも、またあの太ったパンダ猫かもしれないけど。パンダ猫でも食べててくれれば、それでいいけど。

でもね、たまに缶ごと片付けられちゃってることがあるの。

マンションの管理人て、猫、嫌いだから」

というよう子の話で、東京のマンションやアパートで猫を飼ってもいいなんて認められているところのないことをはじめて知った。ぼくはそれまで猫のことにまったく関心がなかったせいもあって、わざわざ犬猫禁止なんて条項が賃貸契約書にあることにも気づかないできていたのだけれど、

「みんな、隠れて猫飼ってるの」

とよう子に言われて、そうだったのかと、ただ「そうだったのか」と思った。そうすると横からアキラが、

「豊島園までって、歩いて行けるの？」

と訊いてきて、つまりアキラは豊島園のことしか考えていないのだけれど、いつもと違ってその日のアキラには猫の話から外れていても豊島園という材料があるからそれはそれでかまわないようだった。

「一時間もあれば着くだろ」

「えっ、そんなに歩くの」

「おれ歩くの、好きだもん。

アキラだって、池袋からうちまで歩いてきただろ。あの二月の真冬の夜に」

「だって、よう子ちゃんが――」

と言っていると、〝かしわ餅《もち》〟という旗が看板がわりに出ている店があって、アキラは、

「ねえ、かしわ餅、買ってこうよ」

と言い出した。和菓子屋というところにはぼくも入った記憶がないが、それでも中がどんな感じでどういう菓子が売られているのかは当然のことながら知っているのだけれど、アキラは和菓子屋のイメージも知識もまるでなかったらしくて、

「これ、ぶつぶつで気持ち悪いね」

などと子どもじみた感想をしゃべり、そのひとつひとつに対してよう子が、

「鹿の子っていうのよ」

と説明を加えていた。

ぼくたちはアキラの指差すままに、かしわ餅と鹿《か》の子と道明寺と草団子と甘辛のあんかけのようなもののついた団子を三つずつ買うことにしたのだが、そうやって指を差していたときにアキラの爪が伸びているのと爪の先が黒く汚れているのがよう子に見つかってしまい、アキラはその先にあったパチンコ屋に入って手を洗わせられることになった。アキラが手を洗っている横でよう子が、

「でも、こんなに買っちゃって食べきれるのかなあ」

と言ってみたのだけれど、パチンコ屋から出てまだろくに裏道を歩かないうちに、アキラがかしわ餅を出してムシャムシャと指で口の中に押し込むようにして食べるというよりも呑み込んでしまったのにつられてぼくもかしわ餅を食べ、そのまま二人で鹿の子と道明寺もひとつずつ食べたものだから、これは足りないかもしれないという話に変わってしまった。

三つ目を食べているとき、ふと、そんな甘いものをよくいっぺんに三つも食べられるねとよう子が言うんじゃないかという気がしたのだが、やっぱりよう子はそういうことを言う子ではなかったと食べ終わって少しして思った。そういうことのいちいちに驚いたり面白がったりするような女の子だったら、アキラと何日も同じところにいられるわけがない。とにかく、残った分は豊島園に着いてから食べることにしようなどと言いながら歩いていると、道沿いの塀の上に真っ白い猫がいるのをよう子が見つけて、

「あら、真っ白な猫ちゃん。

日なたぼっこしてるの？

気持ち良さそうねえ」

と猫に話しかけて立ち止まり、

「ほらァ、こんなにフニャ猫になっちゃってる」

と、うれしそうに振り返って言った。

〃フニャ猫〃というのはたぶんよう子のつくった言葉で、「フニャ」と「フミャ」のどちらとも聞こえるような発音でよう子は言った。それは気持ちよくて恍惚《こうこつ》とした猫特有の様子になっている猫のことなのだけど、そんな様子を客観的な言葉で伝えようとしてもきっと無理で、〃フニャ猫〃は〃フニャ猫〃としか言いようがないし、〃フニャ猫〃が目の前にいればはじめて聞いたって〃フニャ猫〃の様子がなおさら〃フニャ猫〃に見えてくるようになっている。よう子に話しかけられた猫はよっぽど機嫌がよかったのか、塀の上でおなかを見せてごろごろしはじめるから、よう子もそれにつられてカツオぶしを猫の鼻先に差し出し、猫もおいしそうにそれをなめていた。

「ふふ、この子、ノラじゃないわね。飼い猫ね」

なんてよう子がぼくに話しかけているとアキラが、

「ねえ、早く行かないとしまっちゃうよ」

と、催促しはじめ、よう子は、

「猫ちゃん、元気でね」

と、あっさり塀の上の猫に手を振って、別れた。

そのあとも裏道をずっと歩いて行ったから猫に何度も出会い、よう子はそのたびごとに立ち止まって猫に話しかけてみたのだけれど人なつこい猫は他に一匹しかいなくて、アキラとしては道にいる猫たちの用心深さに救われたともいえるのだろうが、その一匹だけでもアキラにはじゅうぶん退屈だったろう。

そのもう一匹の方は板塀の下の雑草に尻をつけて毛づくろいをしていた黒と茶がまだらになっている汚ならしい模様の瘦《や》せた猫で、そうなるとどうもぼくはまだ可愛いと思いにくいところがあって小さな反省のようなものを感じてしまうのだけど、よう子は猫を見てくれで差別するようなことはまるでなくて、まず屈み込んで人差指を猫の鼻先に伸ばして仲良くなってからカツオぶしをあげはじめた。その横でアキラはつまらなそうにしながらかしわ餅の残ったひとつを出して、ひと口でほとんど口に押し込み、それから小さな残りを猫の前に、

「ほら、食べな」

と言ってつき出した。それでもまだらの猫は別にこわがる風もなくよう子の手のひらのカツオぶしを食べていて、よう子が、

「食べないわよねえ」

と猫に言うものだから、アキラはその残りをまだ全部呑み込みきっていない口につっこんだ。

そんなことをしながらもたぶん一時間かそこらで豊島園のシャトルループの見えるところに着いた。

「ねえ、あれがそうでしょ。あれ、なんてやつ?」

と、アキラは急に元気になり、少し先に見えてずっとつづいているコンクリート塀を指して、

「あれ、きっと豊島園の塀だよ。乗り越えて入っちゃおうよ」

と、はしゃぎはじめているのだけれど、塀の上にバラ線が張られているし、やはり気がひける感じもあったから、正規の入口かそうでなくてももう少し気楽に乗り越えられそうなところまで塀づたいに歩くことにした。

あたり前のことだけれど塀に沿った道のもう一方には普通の家が並んでいる。遊園地といつも向かい合わせになっている家というのはそれまで考えたことがなかったから、はじめは漠然とそれはそうだなあと思っていたが、海の近くならそれなりの利点もあるが遊園地のまわりというのはあまり割りに合わない気がしてきた。そんなことを思っているとよう子も、

「豊島園って、夏は毎週花火大会やるんでしょ?

この辺の家って、毎週花火大会見るのね。変ね」

と言って遊園地のまわりの家を奇異に感じているようだったが、アキラはそれを聞いて、

「じゃあ、夏も来ようよ」

と、なおさらうれしがっていて、

「あんな、なんにもないところじゃなくて、この辺に部屋借りてれば面白かったのに」

などと言ったりもしていたが、それでもバラ線がなくてよう子に乗り越えられそうなところを探すのだけは忘れていなかった。

シャトルループの塔が見えたその塔の見え方の遠さから考えても、はじめにぼくたちが着いたのは豊島園の敷地といっても遊園地のあるところからは一番離れたところらしく、塀づたいに十五分以上歩いても塔の他には何も見えないでいたが、それからしばらくして他のものも見えるようになってようやく遊園地が近づいたという感じになってきた。

それでも、平日の遊園地なんてそんなものなのか、人がはしゃいでいる騒々しさがいっこうに伝わってこないのがまだ言葉になる前の違和感としてあって、それが、

「静かなんじゃない？」

とアキラに言われてそういうことだったんだと思った。その次に、

「お休みなんてあるの？」

とアキラから訊かれると、遊園地の休みなんて考えてみたことがなかったから、

「そんなことないだろう」

と口だけが勝手に動いて答えていたのだけれど、そういえばと、今までずっと見えていたシャトルループの塔に人を乗せたコースターが上がっていったのを一度も見ていないことに思いあたって、早く塀の中に入って確かめたい気持ちが強くなり、結局、まわりに人がいないことを確かめてから、アキラ、よう子、ぼくの順で塀を乗り越えた。

そうして入った場所はプールの区画のすぐわきで、頭の上にはジェットコースターのレールが通っている。五月半ばのプールに人がいないのはいいとして、ジェットコースターが走る轟《ごう》音が聞こえてこないのはどうしたって変で、内側に進んでいくうちに休みだということがはっきりし、ぼくは、

「しょうがないな」

と、アキラに謝るような慰めるような調子で言った。アキラもがっかりしたことに違いはないのだろうけれど、案外うきうきした感じにもなっていて、

「へえー、遊園地って、こんなになってるんだ。

オレ、いままでこういうところ来たことないんだよね。

今度はさあ、ちゃんと動いているときに来ようよ」

と言いながらせわしなくあちこち見回していた。はじめて見てそれが動いているところを知らないとはそういうものなのか、フライングパイレーツやコークスクリューを見てもアキラはいつもみたいにしつこく訊いてこないで、「すごいなあ」「いいなあ」とただ感心するだけだった。

　中を一通り歩いてからぼくたちはシャトルループの近くのベンチに腰掛けて残っていた団子と鹿の子を食べることにした。アキラがよう子の分まで手を出してばくばく口に放り込んでいると五月の夕方のさらさらした風が流れてきて、よう子は空を仰いで、

「ああ、気持ちいい」

と、本当に気持ち良さそうに言う、その言い方があんまりいいのでぼくは、

「ねえ、今まで気持ち良くなかったことって、あった？」

と間抜けな質問をしてしまったのだけれど、よう子は、

「え？　嫌なこと？

なかったんじゃないのかなあ」

と、あたり前の顔で答えてきた。

「嫌だった人は？」

「あたしって、そういうこと、覚えていないのかなあ」

とこれも屈託がなくて、ぼくはよう子の二つの返事をそのまま信じることにした。そのとき、カシャッとアキラがシャッターを切った音がしたが、馴れているのか、よう子はまったく表情を変えなかった。

それからぼくたちはいろいろ回り道をして正面から出てきたのだけれど、そのあいだに一度も警備員や休みに掃除をしている職員なんかに見とがめられなかったのは、嫌なことに出会ったことのないよう子の運と何をしてもつかまったことのないアキラの運というものだろう。事実、アキラは万引きをしても食い逃げをしてもタクシー乗り逃げをしてもつかまったことがないという運の持ち主で、一緒にいたおかげでそんな運に便乗できたのだろうかと思った。

豊島園の正門の真ん前が西武線の「豊島園」という駅で、乗って一駅目の練馬でアキラとよう子はぼくの部屋に戻るために下りに乗り換え、ぼくはそのまま上りの電車に乗って会社に行くことにした。

次の朝ぼくは普通の出勤時間に合わせて目が覚めて、そういうときにはよう子が朝ご飯をつくってくれるのが日課のようにもなっている。

そうしていたらアキラも起きてきてアキラは台所の手前で一回立ち止まり、満面の笑みをつくって見せてからぼくに向かって親指を立てた。まあ、あれだけしたかったセックスがまたできたのだからいいことなのだろうとは思ったが、タダで二人を食べさせておいてしかも恋愛の面倒までみてあげているなんて、自分は本当に三十代の人生に入ってしまったのだろうかと思いはじめた。これは割りに合わないという気持ちなのだろうかとも思いかけたが、不思議なのかあたり前なのかアキラのセックスには関心が動いてこないし、割りに合うとか合わないとかそんな気持ちも実際のところ感じていない。これは部屋の中まで光の粒がいっぱいに広がっているような五月の朝の光と、窓からそよいできている風のせいなのだろうかと考えようともしてみたのだけれど、まんざらそれだけではなさそうで、やはり自分自身の感じ方とかまわりとの接し方の変化だと考えてみた方がよさそうだった。

ぼくが出掛けるのと一緒によう子もカツオぶしとキャットフードの缶詰を持ち、それに合わせてアキラもカメラを持って茶トラ探しのために部屋を出た。それはよう子にとってもアキラにとっても特別なことではなくて、よう子は毎朝九時前後に一回目の茶トラ探しをしていた。それは知っていたけれど、毎日少ないときで三回、多いときには六回、七回とよう子が茶トラ探しで歩き回っているということをそのときにはじめて知った。途中まで三人で歩きながら、

「だからもう、この辺の裏道ならどこでもわかると思う」

「で、それでも茶トラを見ないの？」

と言うと、

「ねえ」

と、よう子はいかにも気楽な相槌《あいづち》を打ってきて、それが猫か犬のようでおかしかった。親戚に気のいい犬がいて、年中自分のご飯の容器を庭のどこかに持っていってしまい、夕ご飯の時間に飼主が「おまえ、お皿どこにやったんだい」と言いながら庭を探し回るその後ろからお尻の匂いかなんかを嗅ぐようにしてついて歩いているのだけれど、その犬も同じように「ねえ」と相槌を打っているのだと思うとなおさらおかしかった。それからよう子は、

「でもいつもいろんな猫と会うの。この辺って、猫たくさんいるのよ。十四ぐらいは覚えたけど、しょっちゅう新しい子があらわれちゃうの」

と楽しそうに話しつづけた。

そのうちに茶トラのいたマンションにさしかかり、桜の木が朝の、それこそ陽光という明るさの中で昨日よりきれいな新緑になっているのが見えてきた。葉の一枚一枚がキラキラと光を反射させて、風でそよぐと葉の光がさざ波のように動いていく。その下に置いて

ある缶は空になっていて、内側のブリキの金色がこれも鮮やかに光っていたから、

「あれっ」

と言うと、

「うん、ゆうべ新しい空き缶に替えたの」

とよう子は笑ってみせて、それから、

「ちゃんと茶トラの子が食べてくれているといいな」

と、茶トラの子猫が食べているに違いないという調子でつけ加えた。

その空き缶のあたりに桜の花びらが舞い散っていたことがあったなあと気まぐれな連想にまかせて思ってみると、ついでにそこに茶トラの子猫もいてカツオぶしを食べているような気までしてきた。最後に茶トラと会ったときにはもうかなり大きくなっていたが、ぼくの記憶に出てくる茶トラははじめてぼくの部屋を覗きにきていたときの小さな茶トラで、あの茶トラをよう子が見たら本当に喜んだだろうと思った。

とにかく、よう子と比べたらぼくの猫への関心などないに等しいことになってしまうのだけれど、茶トラの子猫に話をかぎってもあの頃特によう子だけが茶トラを探していてぼ

くが何もしないような格好になってしまったのは、ひとつにはよう子のように何かを熱心にやっているのを見てしまうと一歩二歩と退いてしまうところがぼくにあるからだったのだけれど、そういう性格はそろそろ自分でも嫌いになりはじめていた。

実際、何かを熱心にやるといってもよう子ほど何も隠さずなんのてらいも気取りもなくやるような人間はそれまで見たことがなくて、だいたいみんな自分の熱心さをどこかで隠したり熱心であることに気恥かしさを感じたりしているもので、かえってそのことが努力する人間特有のあざとさ、つまり才能のない人間がどこかで自分より上の人間を出しぬこうとするいやらしさを見せつけられているように感じて嫌で仕方なかったのだけれど、よう子の熱心さにはそういうところがまったくなくてむしろ爽快だった。だからそうしてみると、自分の性格が嫌になりはじめていたときによう子を見たのではなくて、よう子を見ているうちにいままで会ったことのない熱心さを知って考え方が変わったと考える方がいいのかもしれないが、とにかくあの頃は一歩か二歩ぼくは退いていた。

それにはもうひとつの理由があって、五月後半の競馬が〝オークス〟から〝ダービー〟へといたる競馬の佳境《かきよう》に向かっていたからで、よう子の熱心さに気圧《けお》されたことよりもやはりこちらの方が理由としてははるかに大きかったのではないかと思う。それほどぼくは競馬にいれこんでいたのだし、競馬にいれこんでいる人間にとってダービーというレースにはそれこそ特権的な意味がある。

競走馬は三歳の秋ぐらいから走りはじめて四歳の五月のダービーで頂点に達する。というよりもダービーを目標にして馬はみんなそれぞれにレースを走ってくる。競走馬になるべくして生まれるサラブレッドが日本だけで一年で一万頭いて、それが三歳のはじめから競走馬としてトレーニングを積みその過程で何割も挫折し、そのトレーニングに耐えた馬が〝新馬戦〟というはじめて走る馬のためのレースからいくつもの段階のレースを経てダービーにたどりつく。

中央競馬だけでなく地方競馬も含めてダービーはちょうど一万回目のレースになるという、レースの体系の頂点なのだという話を読んだことがあって、一万頭のサラブレッドが生まれて、一万回目のレースがダービーだというのが何かものすごく劇的な気がして覚えているのだけれど、全国で開催されるレースの数など確かめようもないし、それ以上に実に単純な作り話だとしか思えないが、ぼくはそういう作り話が何故だか好きで、ダービーを前にしてこの話を思い出すだけでひとりで興奮してしまうようなところがある。

ダービーをたとえば野球の比喩で説明しようとしても無理で、プロ野球の優勝の瞬間などたんに一年百三十試合の一つにしか思えないし、夏の甲子園の高校野球にしたって、どうせどこかが優勝して終わるゲームぐらいにしか感じられないのだからダービーとはまったく違うものなのだ。

確かにダービーにしてもそれが制度としてあるかぎり、「ダービー該当馬ナシ」という年はありえなくて、必ず何か一頭がそれに勝つことにはなっているのだけれど、ダービーを前にしている人間としてはとてもそうは思えないで、もっと動かしがたい必然がダービー馬を創り出しているように思いこんでしまうところがダービーのすごさなのだ。とまで言ってしまうと自分でも少し言い過ぎのような気もしてくるが大筋はそういうことで、ダービーが近づいてくると自分が何か異様に昂揚しているのを感じてくる。

ただ、ダービー馬になることが何らかの必然に導かれていると思いこみたくなる気持ちや、ダービーという神話にまた一頭名を連ねるということと、ダービー馬が傑出した力を持った馬であることとは現実には微妙な違いがあって、その辺のことは石上さんのように年ごとに身のまわりから激しいものが遠のいている人にはなんとなくだがよくわかっている。

だから五月のはじめに石上さんと二人で競馬場に行ったときに勝ったラグビーボールの勝ちっぷりがすごく強かったものだから、それを境にして一躍ダービー候補といわれるようになったときにも、石上さんはラグビーボールがダービーまで一気に勝ってしまうという考え方に少しも同調しなかった。それはあのとき競馬場でした話のようにラグビーボールという名前がいけないとかそういうことではなくて、「デビュー三連勝してそのまま四戦目でダービー勝っちゃうなんていうのは、ちょっと違うんだよ。

無傷でダービー勝つなんてことはできないんだよ。ラグビーボールが強いのはこのあいだでよくわかったけど、ダービーを勝つ馬はああいう馬じゃなくて、何て言うか、勝ってみたときにやっぱりこいつ強かったんだっていうのがダービーを勝つようにできてるんだよ」

というのが石上さんの考え方で、「勝ってみたときにやっぱりこいつ強かったんだ」というのが石上さんらしかった。

ラグビーボールという馬がデビュー四連勝でそれでダービー馬になってしまったらラグビーボールはあまりに際立った評価を与えられてしまうことになる。それが石上さんはいけないと言う。才気ばしったという表現があるが、特別に才気ばしった者は頂点をきわめられない、頂点をきわめるのはむしろどこかにさえない感じのある者で、頂点をきわめるには才気ではなくてそういう際立って強いと思わせないものが何らかの形でついてまわっていることが必要だというのが石上さんの考えなのだ。それで、

「やっぱり、ダイナガリバーみたいなやつなんだよ」

と石上さんはつづけた。

「あの馬はねえ、気がつくと勝ってるんだよ。前の方のゴチャゴチャしたところ走っててさあ、ゴールの手前で首だけとかからだ半分だけとか抜け出してるんだ」

と、ゴール前で馬がぐっと首を伸ばすような格好をしたときの石上さんの表情が間抜け面になっていたのがおかしかったが、まあそれはいいとして、

「何で強いのかよくわからないだろ？　あいつは。だけどね、そういうのがいいんだよ」

と言い終えて、ひとつの説明というか自分の物語を話した小さな満足のようなものを表情にあらわした。

つまり、レースの勝ち方にしても強いと思わせるもの、見事と思わせるものとそうでないのがあって、ラグビーボールのように前の馬群を割って出てくるのは誰もが強いと認めてしまうし、一番後ろにいたのがゴール寸前で一気に他馬をゴボウ抜きにしてしまうのは派手でなおさらすごいと感心する。あるいはスタートからゴールまで逃げて逃げて逃げまくる勝ち方もめったにあるものではなくてこれもまたほれぼれしてしまうのだけれど、石上さんの言うダイナガリバーの勝ち方はそのどれでもなくて、ただ前の方のゴチャゴチャ

したところを走っていて、こちらには結果として勝っていたという印象しか残さない。

しかも二着との差もからだ半分という、いかにも中途半端な差だというのだ。二着以下をぶっちぎって勝てばそれは圧倒的な力の差ということで当然強さの証明になるし、逆に、鼻差という写真判定の写真を凝視しないとわからないようなほんの数センチの差で二着と競り勝つのも勝負強さのあらわれで別の意味から強いといわれることになるのだけれど、ダイナガリバーはここでもからだ半分という半端な差でしか勝たない。

しかし、ダイナガリバーのことを弱い馬だなんて誰も思っていないことも事実だからダイナガリバーが実際にダービーに勝っても誰も驚かないし、そうして本当に勝てば「やっぱりあの馬は強かったんだ」と言われることになるだろう。ダービー馬として名馬の歴史に名を残すことにもなるだろう。石上さんがあの時に言ったのはそういうことで、それはダイナガリバーを否定するためでも特に肯定するためでもなくて、ダービーという、レース体系の頂点に立つことの典型として言われたことだった。

もっとも石上さんが実際にしゃべった言葉は前にも書いたように単純なもので石上さん自身こういう形にして考えていたのではなかったはずだし、それを聞いていたぼくにしてもあの場でこういう形にして理解したのではなかったが、「勝ってみたときにやっぱりこいつ強かったんだっていうのがダービーを勝つ」というのが聞いたその場で特別に面白くて、何度も繰り返し思い出す言い方だという感じは持った。

そしてその四日後に石上さんと行ったダービーで、現実にダイナガリバーは前の方のゴチャゴチャしたところからからだ半分抜け出して勝ったのだけれど、さすがにダービーという大舞台ではいつもと同じダイナガリバーが特別に雄々しく他の馬たちを引き連れてゴールを駆け抜けていくように見え、ぼくはダイナガリバーがからだ半分抜け出したときに一回「ガリバー」と叫んでいた。

競馬というのは何時間か何十時間か費やした推論が実際にレースされることで明確になる。それは「もう一度走ってみたら違う結果になる」というような結論の留保を感じさせないし、もう一つ別の結果を想像してみても意味がないようにできているらしい。とにかく、現実にダイナガリバーのようなタイプの馬が勝ったことでぼくは石上さんの言ったことを今でもこうして覚えていることになったし、少しずつ形を変えながら何度も思い出すことにもなった。

# 3

ダービーが終わると、といってもアキラにもよう子にもダービーは無関係だったのだからたんにそれと時期が一致していたということで、さらにはあの時期のぼくの記憶が競馬の進行で刻まれていたことの証明でしかないのかもしれないが、とにかくその頃からアキラは一人で新宿やらどこやら映画をやっているみんなの集まるところに出掛けていくようになっていて、それはアキラがよう子との関係が大丈夫だと思いはじめたことの説明にもなっている。

そういうわけでアキラのやることには変化が生まれてきたが、よう子はそれまでと少しも変わらず部屋の前にキャットフードを出し、一日に何度も茶トラの子猫を探しに歩き回っていた。ただ、アキラがいないときに夜一人で歩くのは危いからやめておいた方がいいとよう子に注意はするのだけれど、よう子は、

「平気、あそこのマンションのところに行ってくるだけだから」

と言うだけであまり意に介さず、そう言いながらも出掛けてしまうとついでに他所《よそ》も回ってくるらしかった。

茶トラの子猫が見つかった晩もアキラはどこかに行っていて、マンションの前によう子が一人でいるところにぼくが通りかかった。ぼくは不用意なものだからそういうとき、つい大きな声で呼んでしまうのだけれど、あのときはよう子が先にぼくの足音を聞きつけていてぼくのところまで小走りにきて教えてくれたからことは静かに進んだ。

茶トラはいつもよう子がキャットフードを置いておくところにいて、ぼくの記憶よりもずいぶん大きくなってもう子猫という感じではなくなっていた。それもそのはずで、はじめて会ったのが二月なのだからざっと計算しても生後六ヵ月にはなっている。

それでも全体にスマートで頭が小さくて均整がよくとれていて、太った猫のようなふてぶてしさがないところが子猫のときの記憶にこだわっているぼくをほっとさせるものがあった。あの頃まだぼくは茶トラの子猫だけが可愛いとしか思っていなかったのだからそういう勝手な考え方をしてしまうが、正直なところ均整がとれている猫は太った猫よりも可愛いし、完全におとなになりきってしまった大きな猫よりも子猫や子猫の面影をとどめている猫の方がずっと可愛いと思うのは仕方ないことのような気もする。とにかく茶トラの猫はやっぱり可愛らしくて、少し警戒して上目づかいにちょろちょろこちらを見ながらキャットフードをペロペロ食べていた。

よう子は首を後ろに反らせ、ぼくの肩あたりに口をもってきて声をひそめて、

「やっぱり、この子可愛いね。もっと子猫だったときから見ていたかったなあ」

と言い、それからため息をつくように、

「いいなあ、見れて」

と言ってからまた茶トラに向き直り、

「ねえ、ノラちゃんはおなか空いてるのねえ。もっともっとたくさん食べていいよ」

と、いつもの無感動とも思われかねない様子とまったく違う感じになって猫に話しかけていた。そういえば豊島園に行く途中で猫に会ったときもそうだったような気がするとあらためて思い返すのだけれど、あのときは横にアキラがいたせいなのかぼくはよう子の変化に気がつかないでいたらしかった。

「お行儀がいいのねえ。ちゃんと丸くなってお坐《すわ》りして食べるのねえ。でも、そんなにお行儀がいいと、他のノラちゃんたちに横取りされちゃうのが心配ね」

と、間をとりながら話しかけつづけ、途中でまた振り返って、

「よかった。

いくら探しても会えないから、死んじゃったりしてたらどうしようって、思ったこともあったの」

と言い、また茶トラに、

「ねえ、元気でよかったわねえ」

と語りかけていた。

よう子とぼくの見ている前で、猫は〟ペロッ〟というよりももっと素早い動作で舌を出して舌にキャットフードをのせて口に入れる。よう子は茶トラのするすべての動作を見逃さないように見つめていて、

「じょうずに食べるのね」

と言ったり、

「前足がかわいいのね。ちっちゃな手を握っているみたいに見えるでしょ」

と言ったりしていた。

そうしていると、茶トラが不意に食べるのを中断してからだをひいて振り返るから、一瞬、これで行っちゃうのかと思いかけると、

「あ、もう一人いる。

ほら」

と、よう子が向こうの植え込みのところを指差すのと同時にぼくも、もう一匹そっくりの茶トラの猫がいるのを見つけた。ゆみ子が言ったとおりだと思い、そのまま二匹が兄弟だと納得していると、いま食べていた方の茶トラが植え込みにいる茶トラの方にゆっくりと回り込んでいき、それにつられるように植え込みの茶トラが出てきてキャットフードに近寄っていった。二匹はぼくたちから見ても親密な雰囲気を漂わせながらキャットフードのまわりを遠巻きに歩いていて、ぼくもよう子も、

「ほー」

と、ため息のようなものを口にするだけで感心して見とれてしまった。

二匹ともからだと同じくらい長い尻尾で、先にいた茶トラはその尻尾を背中にやや倒れるように立て動きに合わせて尻尾がゆっくりと揺れて悠然と見えたが、もう一匹の尻尾は地面につくように低く、それだけ警戒しているらしい。それでもしばらくそうしているうちにあとから来た茶トラがようやくキャットフードに顔を入れて二口三口と食べはじめると、もう一匹はそれを守るようにゆっくりとまわりを歩いている。

しかしあとから来た茶トラの食べるのは長くはつづかず、また缶から離れてもう一匹に

寄りそうように並んでしまう。そうやって二匹が並ぶと先にいた方がひとまわりからだが大きくなっているのがわかる。

「あとの子、臆病であんまり食べられないのね、きっと」

とよう子は前を見たままぼくに言い、次に、

「いいのよ、大丈夫よ。

今は大丈夫だから、安心して食べなさい」

と猫たちに語りかけたままじっとした。

そうしているともう一度はじめの茶トラが缶に顔をつっこむ。あとの茶トラはその隣りにぴったりとついてぼくたちを見たりまわりを見たりしつづけ、最初の茶トラがひと休みするとそこに顔を入れる。あとの茶トラが缶から顔をあげると中が空になっていて、もうなくなってしまったと思っていたらよう子がまだ切っていない缶をもう一つ出して、つづいて缶切りまで取り出して新しい缶を切りはじめた。

「よかった。いつも缶、二つ持ってるの」

「準備のいいやつだな」

「準備じゃなくて愛情よ。愛は形なの。えへ」

とよう子は上機嫌で、これも持参のスプーンで半分を空になっていた缶に分けて、猫た

ちの前にそおっと差し出した。

空になった缶から一、二歩離れてぼくたちを見ていた二匹はよう子のその動作でちょっと耳を後ろに引っぱって警戒して見せたけれど、すぐにはじめの茶トラが近づいて一口食べ、そしてもう一匹を振り返り、それに促されてひとまわり小さい茶トラが前に出て缶に顔を入れて前よりもずっと落ち着いて食べはじめたので、

「へえ、すごい。あの子のこと、何もかも守ってあげてる」

と、よう子は感心を通りこして感動したように言い、ぼくもよう子の言ったことだけでなく気持ちのすべてに同感の「うん」という返事をし、前にカツオぶしをあげたときにも小さい方の茶トラは同じように植え込みの陰で見ていたのだろうかと考えた。

そして、このままでは二匹がわかりにくいから名前をつけようと考えたのは一緒によう子がいたからで、二人のあいだの便利とか不便という問題よりもやはり気持ちがそうなっていたということなのだと思う。それでぼくはよう子に、〝ニイちゃん〟と〝ニャアちゃん〟と言ってみた。

「〝ニイちゃん〟と〝ニャアちゃん〟て、かわいくないと思う。〝ミイちゃん〟と〝ミャアちゃん〟にしようよ」

とよう子はすぐに答えてきたからきっと同じことを考えていたのだろう。ぼくに異存は

なくてこれで二人のあいだの呼び名が決まり、それからまだしばらくミイとミャアの食べるのを眺めた。二匹は二缶目もほとんど空にしてしまってから、あっさりと植え込みの向こうにいなくなった。ぼくたちはそれを見とどけてから、

「猫ってさ、ご飯のお礼も言わずに行っちゃうのね」

「食べるの、イコール、お礼なんだよ」

「そっかあ、じゃあ猫のお礼でいっぱいなんだ」

「そ、世界は猫のお礼でできている。なんて、ね」

「すごいね」

などと話しながら部屋に戻った。


茶トラのミイとミャアに会うとぼくの部屋に人が来るらしくて、次の日また島田が転り込んできた。

今回のは春先に来たときよりもずっと本格的で、島田の話ではかなり突然にアパートが取り壊されることになったらしく、島田は仕方なく、少ないとはいえ一応持っていた荷物を半分九州の実家に送り届け半分捨てて、鞄二つと紙袋を持ってぼくの部屋に来た。島田

に言わせると、

「や、大家のやつ、再来週取り壊すから出てってくれって、四日前に言うんだぜ」

となるのだけれど、いくらあのアパートが畳も湿気で波打っているほどボロだったからといっても、取り壊しの連絡が二週間と四日前というのはやはり信じられなかった。

実際、最初島田が頼って東京に来た矢田をはじめとして二年前には仲間うちだけで四人だか五人が住んで何やら砦のようになっていたアパートも、あの頃には島田ともう一人何をやっているのかまったくわからない五十前後の男だけになっていたくらいなのだから、大家さんが連絡していたのに島田にその意味がわかっていなかったと考える方がまともな気がした。まあ、それはいいとして島田に立ち退き料をちゃんともらったのか訊いてみると、それも、

「や、敷金だけ全部返してもらった。

なんかもごもご言ってたけど、あの大家の話、メンドックサイんだよ」

ということで島田は済ませていたが、あんなボロアパートで敷金を取っていたのにまた驚いて、それからぼくが、

「それ、地上げじゃないのか。

地上げで立ち退き料百万もらったヤツもいるらしいよ」

と言うと島田は一瞬目の色を変えたが、

「えっ、それホント」

と大声をあげたのは島田ではなくてアキラの方だった。

島田は今一通りの収入をもらえるようになってしまったからそれ以上の金に興味を示さないのだ。だから、「百万」と聞いて目の色が変わってしまったのは、金がなかった頃の習い性とか紋切り型の反射行動のようなもので、今の島田の正しい気持ちを裏切った反応なのだと思う。そう思うのはぼくがまったくそのとおりだからで、今はアキラとよう子が一緒にいるからその二人の分の収入も必要で今の額がだいたいちょうどいいということになるのだけれど、二人がいなくなってしまってぼく一人になったらもっと安い給料でかまわないと思うような気がするのだ。

とにかくそういう事情で島田はしばらくぼくのところに泊まることになった。島田の寝る場所はぼくのベッドの横で、前に来たときと違って暑くなっている分ズボンだけは脱いでワイシャツにネクタイという格好で一晩目は眠ったのだけれど、次の夜よう子が大真面目な顔で、ぼくと島田、よう子とアキラ、という部屋の配分が変だと言いはじめた。

よう子の言い分はつまり、今まで自分がアキラと同じ部屋に寝ていたのは二人が恋人のようなものだからとかそういう理由なのではなくて、ぼくがこの部屋の主人なのだからぼくは転がり込んできた人間にわずらわされることなく一人で寝なければいけない、島田が泊まるようになったからといってぼくが島田と同じ部屋に寝てしまうのではぼくの生活の中のぼく一人の部分が守られなくなってしまうからそれはいけない、それではと、よう子とアキラと島田の三人が隣りに寝るのもやっぱり変な感じだから自分は台所に布団を敷いて寝ることにする、そしてアキラと島田が隣りで寝るようにすればいい、そうすれば何よりもぼくの一人の部分が守られる、ということだった。

「そんな、板の間なんかで寝たらからだによくないよ」

「平気。もう夏だもん」

「あのドアから誰か入ってくるかもしれないよ。台所は一番外に近いんだよ」

「そんなことないもん。こっちだってすぐ外の道じゃない。

それに男の人が三人もいるのよ」

「あのキャットフード食べにくる猫、見れなくなっちゃうよ」

「眠くなるまではこの窓のところにいるからいいの」

と、こんな具合でよう子には何か断固としたものがあったから、結局ぼくのベッドを台所に移してそこで寝るということだけ受け入れてもらうことで一応落ち着いた。しかし、そうなると落ち着かないのはアキラで、ぼくとよう子がこの話し合いをしているあいだ、

「どうして？」「どうしてそうなっちゃうわけ？」を連発していた。そのまた横で島田が、「や、大丈夫だよ。すぐ新しい部屋を見つけて移るからさ、一週間か二週間だよ」と誰にということもなくしゃべっているのだけれど、島田がいま部屋を探していないことぐらいアキラだってわかっていたし、状況にずるずると順応していくのも誰よりも島田が一番だということもアキラにだって見えていた。

アキラの気持ちは別にして話はそれでまとまったからよう子はキャットフードを持って外に行く用意をはじめた。はじめたといったって、スーパーマーケットのビニール袋に蓋《はこ》を切ったキャットフード一つと手つかずの缶と缶切りとスプーンを入れてジャンパーを羽織《お》ればいいのだからものの二分とかからないのだけれど、その短いあいだアキラはここに残ってもう一度交渉をやり直そうかそれともよう子についていこうか迷っているようだった。

結局、この夜から一緒に寝られなくなったよう子と少しでも余計にいたい気持ちが勝って、よう子について行く方を選んだのだが、そうやって真顔で迷っているアキラを見ていると、明日からまた気安く飲み歩いたりもしなくなるのだろうという考えも浮かんできた。アキラの落ち着かなさというのは端で見ていると実に面白い。

二人が出ていくと、

い説明をした。
「あの子、何しに行ったの」
と、島田が訊いてきたからぼくは茶トラの猫のことをただ「猫」というだけの素っ気な
い説明をした。
ぼくの思っていたとおり島田はそれにまったく関心を示さず、「そう」と気のない返事
をして、それからすぐに前の晩自分が寝た布団を隣りに移して寝る仕度をはじめた。その
島田におやすみの挨拶がわりか寝る前のウィスキーの誘いなのか自分でも特に考えないま
ま、
「新しい部屋、探す気起きないんだろ」
と言うと島田は曖昧な笑いをつくってそれを肯定した。
「あそこにいると矢田さんとかいろいろ来たからね」
というのは、空き部屋だらけになっていた島田のアパートに、映画をやっている何人か
が半分定期的に集まってはそこの空き部屋に入り込んでいたからで、矢田や他の二、三人
にしてみれば集まりに使う部屋の最後の住人は自分自身だという気があるから、みんなな
んのためらいもなく、そこで夜明かしまでしていたのだ。それでは前に島田の部屋を撮影
に使ったときだって、島田がわざわざぼくのところに来ることもなくて、そういう空いて
いる部屋を使えばよかったじゃないかという考えも出てくるが、一応撮影ということにな

ると騒がしくなることもあるだろうし、そういうことで途中で邪魔が入るとつまらないと思ったのだろうとぼくは想像していた。それにまがりなりにも家具が置いてあったのも島田の部屋だけだ。

ところでそうやって空いている部屋に何人かが集まっていたときに島田が何をしていたのかといえば、挨拶程度に顔を出してあとは自分の部屋にいただけなのだけれど、それだけならどうということはないじゃないかというのも当てはまらない。何しろ島田は映画をつくりたくて北海道から来たのだ。

「だから、どこ移ったって同じなんだよね」

と島田が言うのはもちろん否定的な意味で、ぼくは、

「どうせなら広いところ借りちゃえよ」

と言ってみた。

「や、部屋代なんかに四万も五万も払ったって、つまらないじゃない」

「今どき四万や五万じゃ、ろくなとこ借りられないよ。ここだって八万五千円だもん」

「えっ、そんなにするの？」

「それだって安い方なんだよ。何しろ急行が止まらない中村橋なんだから」

「ひどいね」

と言ってから島田はそれまでいたアパートのことを考えた。

「や、それじゃあ、あそこなんか、なんにも儲けになってなかったんじゃないの。一万三千円だもんな。大家も、おれとあのおやじなんかに貸してるより、地上げにあった方がよっぽど金になって、よかったんだね」

一万三千円なんて家賃では地上げと比べなくたって儲けになっていない。固定資産税分にもなっていなかったかもしれない、などとぼくが思ったのはさすがに時代のせいなのだろうが、まあ、そういうことはよく知らないし、どうでもよかった。それから、

「〝オール〟なんてやったな」

と、もうすっかり忘れていたことを思い出した。二、三年前、まだあのアパートにみんながいたときに誰かが遊びにくると集まってやっていたゲームで、トランプで考えられるかぎり一番単純な賭けだ。みんな麻雀のように複雑なルールのものは覚えないし、複雑ゆえに麻雀は単調だということも知っている。〝オール〟は単純だからこそ爆発するような興奮をつくり出す。何しろはじめ五円十円で賭けていたものが、ちょっとした拍子で転がると五分で五万に膨らんでいる。

「山川、おれに十万負けたんだよ」

「うん。山川、あれっきり来なくなっちゃったんだよ。知ってた？」

「ハハ、そうだったの。

　アキラって、やったのか?」

「や、年中」

「だって、あいつ金ないじゃん」

「アキラは勝つんだよ」

　アキラとよう子が戻ってくるまで二人でそんな話をつづけた。


　しばらくして四人がそれぞれの場所に散ってから、といってもよう子は隣りの部屋で窓から猫のくるのを眺めているのだけれど、とにかくぼく一人になってから、二晩忘れていたミイとミャアの報告をゆみ子にすることにして電話をかけた。まず外交辞令で、

「こんな時間に電話して、子どもが起きちゃった?」

　と言うと、ゆみ子は、

「平気、そんな神経質な子に育てていないから」

　と答えてから、

「あなた、いつか言ってた元気のいい男の子とその子の彼女食べさせてるんだって」

「食べさせてるわけじゃないよ。勝手に食べてるんだよ」

というので話がはじまり、すぐに茶トラの子猫のことに移っていった。そして、二ヵ月前にゆみ子が子猫が一匹ではないことを見事に言い当てたのを感心してみせると、

「ホント？　適当に言ってみただけなのにね」

と、本当にあのときの思いつきで言ったにすぎないような調子でゆみ子は言うのだけれど、思いつきだからといって言い当てたことへの感心がぼくからなくなるわけではないし、さらにこの種の話に思いつきでない真面目さを持って答えてくるような人間がいるとしたらその方がよっぽどつき合いにくい相手だとも思った。もともとゆみ子にその種の真面目さなんか期待していない。

「それで今はもっぱらその子が子猫を探して歩いてるわけ？　おもしろい子ね」

「うん。茶トラはもう子猫じゃなかったけどね。

よう子は今も隣りの部屋の窓のところで猫が食べにくるのを待ってるよ」

「猫みたいね」

とゆみ子が言うのは、猫にはじいっと獲物を待ち伏せしつづける習性があるからで、そうしているときの辛抱強さはちょっと人間では考えられないものがあるらしい。

「でも、猫にはそれが仕事なんだろう？」

「その子にもそれが仕事なんでしょ。きっと」

とゆみ子に言われて、ゆみ子やぼくがよう子と同じ二十歳だったときに何をしていたのか思い出そうとしてみたけれど、すぐに思い出せるようなことは何もなかった。それでも二十歳の時間の過ごし方は十年たって忘れてしまうにしても三十歳の時間よりずっと意味があるはずで、ぼくはよう子の時間にいくぶんかの責任を持つ必要があるのかもしれないと思った。

今は言わないだろうけれどいつかこのこともゆみ子に話すことになるのだろうかと思っていると、ゆみ子が、

「ノラが人になつくことって、まずないらしいから、その子ずっと今の状態を楽しんでいられるんじゃない？」

と、猫にしたいことをさせて放っておくようなことを言うものだから、人にも猫にも同じような言い方をすると思った。

「そんなこと、猫だっていつまでも、そういう成果のないこと、つづけたりするわけじゃないだろ」

「だから、しまいに飽きたら、何か別のこと見つけてるでしょ。

でもね、その子、辛抱強いからけっこう茶トラの子たち、手なずけちゃうかもよ」

とゆみ子が言葉にすると、何か本当にそれが実現しそうで、それに妙に心が動かされているあいだに、

「でも案外、別の子猫ひろってきちゃうかもね」

と言っているのにはあまり注意が向かなかったのだけれど、現実となったのはこっちの方だった。とにかくゆみ子が次々に違う可能性をしゃべるのは、猫を飼っていた時間が長すぎてそうなってしまったのだろうかという考えが浮かんできてそんなことを訊いてみたが、

「そうでもないでしょ。

知らないうちにこうなっていたのよ」

というのがゆみ子の答えで、その晩の電話はだいたいそんなところで終わった。

# 4

七月の半ばになるとアキラはさかんに海に行きたがるようになっていた。

ぼくは早いと八時に起きることもあるがだいたい十時過ぎに起きて、それから朝食を食べたり髭《ひげ》を剃《そ》ったりという一通りのことをして、一時間後に会社に出掛けることになっているのだけれど、他の三人といえば、島田は八時に出掛けてしまい、その前後によう子もキャットフードを置きに近所を一回り歩いてきて、アキラもよう子と一緒に行く行かないに関係なく同じ頃に起きるので、つまりぼくが最後に特別遅く起きることになる。

起きるとまずトイレに行くのが日課で、出てきたときにはその数十秒のあいだにすでにぼくの寝ていた部屋のカーテンが開けられていて、そこにアキラがいる。アキラはこれ見よがしに何か言いたくてしょうがなさそうにしていて、半分は無理につくって見せている笑い顔で、

「ねえ、ねえ、ねえ、
海に行きたいなァ、
海はいいなあ、
海は広くて、深いんだぜ、
イエイ」
と、朝陽をバックにした逆光の中でからだを揺らしながら、歌をがなりはじめる。それがRCサクセション風だったり、エルビス・コステロ風だったり、奥村チヨ風だったりするらしいのだけれど、その朝の歌が誰風なのかはいつもアキラ本人が言うまでわからない。
ぼくの枕を抱えてギターのようにしたり、椅子に腰掛けてピアノを弾いているようにしたり、何か姑息《こそく》に工夫してみるところがいかにもアキラらしくて、同じようでいながら毎朝少しずつ調子に違いが感じられないでもないところが面白味で、ぼくがそれまで寝ていた布団を干すために外に出たり入ったりしながら、
「アキラ、そのトム・ウェイツ風って、ゆうべ練習したの？」
なんて訊いてやると、
「なーにを言ってんの。こんなの全部即興でできちゃうに決まってんじゃん」
と、そういうときにはわざとらしさのない単純な笑い顔で答えてよこし、台所にいるよ

う子が、
「さっき歩きながら、アキラ君、その歌うたってたよ」
なんて混ぜ返してくることがあっても、とにかく何が何でも自分のことが話題になって
さえいればいいというのがアキラの強みで、
「違うよ。さっきのは、きのうの朝のルー・リードだよ」
と、言って、
「ねえ、ルー・リードの、やっぱりよかったでしょ」
と、なおさら調子にのってしゃべりだして、二日に一度はそれで海に行きたいという話
を忘れてしまう。
しかし、そのトム・ウェイツの朝は忘れてくれない方の朝で、
「夕陽があたるとウィスキーみたいな海、
浮かんでる雲を煙草の煙と間違えるヤッ、
夕方、ピアノが聞こえてくるよ」
と、トム・ウェイツ風の歌をつづけていたけれど、よう子がコーヒーができてると言う
から、アキラのことは放っておいてぼくはよう子の方へ移った。そうするとよう子が、
「アキラ君て、RCなんかより、トム・ウェイツみたいな方がノルのかなあ、やっぱり」

と、海のことなんかどうでもいいようなことを言ってくるから、よう子は海に行きたくないのかというようなことを訊いてみると、

「だって、すごく混むでしょ」

と、あたり前のことなんだけど、あたり前とも聞こえないような調子で言ってから、

「夏だけ来たいと思う人達がいるから、夏になると混んじゃうんだもん。いつも好きで行ってる人っていうのもあんまり好きじゃないし、そんなんなら住んじゃえばいいって思うけど、夏だとかなんだとか言って、そのときだけ来る人っていうのも、なんか、やっぱり、もっといけない気がしちゃうの」

と言われて思い出したのは、よう子が茅ヶ崎だったか辻堂だったかで育ったということで、そういう気持ちは観光や行楽で他所《よそ》の人間が集まってくる土地で育った人間に特有の感じ方なんだろうと思ったが、そういう気持ちをあらためて聞いても特にどうこう思うわけでもなくて、そんなことよりも最後の「もっといけない気がしちゃう」の「いけない」という言葉の方に注意がいった。「いけない」とか「しなければならない」とか、そういう何かを強制する種類の言葉がつい出てきてしまうのは日本語の不自由さなのか、それとも今よう子は意識してそういう言葉を使ったのか、そうだとしたらよう子は絶対に海には行かないと思っているのだろうか、などということをぼんやり考えてしまってよう子に返

事もしないでいると、ぼくの部屋からアキラが椅子をマイク・スタンドみたいに抱えてからだをガチャガチャ揺さぶりながら、

「アッ、アッ、アーッ、
アッ、アッ、頭に陽があたるッ、
アッ、アッ、アーッ、
アッ、アッ、熱い、
熱い、熱いゾ、焼けそうダッ、
アッ、アッ、アーッ、
アッ、アッ、熱くて、
バカになるーッ、
ノッ、ノッ、ノーッ、
脳ミソ、パカパカ、
焼けちまうーッ」

と、喉を目一杯に絞って歌ってきた。アキラがぼくの耳に口を突きつけて歌いつづけるから、

「わかった、わかったよ。ツバだらけになるだろッ」

と言うと、

「ホント？　海行くの？　いつ？」

と、言いながらアキラは椅子を振り回していて、ぼくはそれから逃げるために会社に出掛けることになった。


昼すぎに三谷さんから久しぶりに電話がかかってきて、いつもの喫茶店に会いに行った。地下のフロアに階段を降りていくと、隅のところから剃髪《ていはつ》のような頭で茶色に陽に焼けているのがふわふわと手を上げているなと思ったらそれが三谷さんで、ぼくにはそれが「ムショがえり」か「修行僧」か「暗黒舞踏」かそんなものにしか見えなかったので、三谷さんもやっぱり普通の髪型にしている方が相手にとって落ち着きのいい中年になっているんだなどと思いながら寄っていったのだけれど、思い返せばどれだけ自由そうにしていても剃髪でしっくりくるような人なんてめったにいるものではない。それからぼくが「いったいどうしたのその頭。人生投げちゃったの」というようなことを言って挨拶がわりに

ふざけたのだが、そんなことには関係なく、

「バリ、よかったぞ」

と、いつもの三谷さんらしい、説明も事情も省略した言い方をしてきた。

しかし、目つきはいつもの新しい馬券作戦を発見したときの気合いのあるようなのと違って、どこか焦点が合わないとろんとした感じで、口調もそれと同じようなものだったのだが、こっちは「バリ」と聞いたのでそんな感じにもなるのかなあと勝手に納得していた。

「二週間たっぷり行ってて、おとといあ、その前か？　に、帰ってきた」

と言った言い方も日付の感覚が不明な感じがしていて、ぼくの方に本当は昨日だったのではないかという疑いまで持たせるようになっていてよかったのだけれど、そう言われてみてはじめて最低二週間は三谷さんと会っていないことにも気がついた。

三谷さんと会うのも三谷さんとする話の中身もいつも競馬ばかりで、他に何か世間的なものの順を追っているのではないし、その競馬の方も六月後半から大きなレースが一つもなくて暦がわりにはなってくれていない。三谷さんとはどういう間隔で会ってもそれで何かがどうなるということがないので、そうなるとその前がいつだったかなんていいよわからないのだ。

ところでそんなことのどこまであのときに思ったのか知らないが、三谷さんは、

「帰ってきてから、二日間うちにいただけ。なんにも、何かしようって気が起きないんだよ」

と言って、一度やる気のなさそうな息を吐いて、そのあいだにぼくにやっぱりおといだったのかと思わせてから鞄をごそごそやって、

「ほら、おみやげ買ってきてやった」

と、バリ島独特のコーヒーを出して、飲み方の説明をしてくれた。普通のコーヒーのように粉をフィルターで漉《こ》したりしないで、そのまま溶いて、粉が沈んでから上澄《うわず》みだけを飲む。それもバリでは陶器のカップを使わないで、ガラスのカップで飲むから、下の方に沈んでいる粉が見えるようになっていて、そのあたりがまた旨さに関係しているのかもしれない、などと言っているうちに少しずつ話しぶりが変わってきて、

「もう、あっちにいると、これ飲んでるだけで飛びそうになる」

と言ったときにはだいぶいつものテンションの高さのようなものが感じられていたのだけれど、三谷さんの声が店のBGMにじゃまされているのが耳ざわりで、それで店のBGMが二、三週間前とかわって和製ロックになっているのに気がついた。

それまでがどういう曲だったかなんて思い出せないが、思い出せないということはそれだけBGMらしくぼんやりした曲を控えめに流していたということで、それだから三谷さ

んとぼくたちのようにゴソゴソしゃべるような客ばかりがいたのだろう。曲をかえたということは、その店ももっと若い客層に切り替えたいと思っていることのあらわれで、そうなると違う店を探さなければならないなどとぼくは考えていたのだが、三谷さんの方は何やかやとしゃべっていて、そのうちにバリのお祭りの話が始まった。

その祭りのあった村というのは特別のルートを持っている人しか入れないところで、インドネシア政府のような公式で体裁《ていさい》のいいルートを使ってしか行けない学術調査団が見せてもらえる祭りのレベルとはわけが違うのだと言いながら次々に写真が出てきた。

話の中心は村の人達のトランス状態のことで、そのトランスにいたるまでの儀式の式次第だの、どこで仮面劇がはじまってどこで魔女ランダが登場して、そのあともう一人の何とかがどうこうして、そうしているうちに驚いたことにタイミングよくちゃんとスコールのような雨が降り出してきてそれが止むといよいよみんながトランスしはじめるのだという。祭りを外の人に見せない分、当然トランスの度合いも激しくなって、

「トランスしだすと、からだに鉄の串、突き刺すの。こんな。

こんな長くて太いの。

平気なんだよ。もう、全然平気。

それで、串突き刺したヤツが、今度、串引き抜いて、見てるこっちにつっこんでくんの。

本気。串振り回して。

もう危なくって、写真なんか撮ってらんない。

ほら」

と言いながら、写真がいろいろ出てくるのだけれど、確かに手ブレしていたり、誰かの顔が写真の半分を占めていたり空だけが写っていたりで、全体の感じがわかるようなのは一つもなかった。それでも、三谷さんの顔と話が写真と一緒になって、そういうわけのわからない激しさだけは伝わってくるようで、

「やっぱり、若いヤツじゃないと、こういう風にはなれない。

年寄りもさあ、俺も昔はちゃんとトランスできたって、無理してトランスしてる振りするの。

でも、そういうじいさんは、串を刺そうとはしない。串ははじめっから持たないの。

で、ほら、これ。

あっ。ああ、何とか写ってるか。

ほら、ニワトリに食いついてるだろ。この程度のことなら年寄りでもできるの。

これ、生きてるニワトリだぜ。頭は、ほら、完全に口の中に入ってんの。口の先でニワトリが羽ばたばたさせてる。で、しまいに食べちゃう。生きてるのを。

だけど、目はイッてないんだよ。たまにねえ、マジな目でまわり見るんだよ。ちゃんと見られてるかなって。ニワトリ、口の先でばたばたさせながら。それがケッサクなの。で、こっち。

あ、これはダメか。これは？　後ろ向いちゃってるもんな。

とにかく、こいつなんか完全に目がイッちゃってたの。瞳孔、開ききってた。

突然こっち見て向かってくるじゃない。おっかなくて、一番前出らんないんだよ。

村のヤッら、こういうのがいつ自分の方くるのか、わかってんの。そうとしか思えないの。来そうになると、ふわーって、後ろに退がる。

だから、そのときちょっとでもぼんやりしてると、一番前に一人で残っちゃうの。それで、こいつが他の方に行くじゃない。そうするとまたみんなが絶妙なタイミングでふわーって、もうもとのところに出てんの。で、腕組みなんかして見てんだよ。

遠くにいると前が人垣で、近くにくるとそれどころじゃないだろ。写真なんてホント撮れない」

と、そんなことをしゃべって、それからバリの名所や風景の写真を見せながらその説明をしてくれるのだが、三谷さんは客観的な説明は下手だからその方はほとんどわからなくてぼくもただ相槌を打っていただけで、それから今度はバリの魔術師だか何かに教わった性技のようなマッサージの話になって、それをすると女の子がものすごく感じるんだところはまた三谷さん特有の表現がつづいて、こっちもそれなりにわかってそれがまたしばらくつづいた。

それで性技の話が突然終わるとそれまでの全部が退屈で飽きたという風に、

「ふぅ」

と、大きく息をついて、それから、

「やっぱり会社行かないで帰ろ。じゃあね」

と言って三谷さんは喫茶店を出ると駅の方に歩いていった。

ところで、海へ行こうというアキラの朝の歌の攻撃なのだけれど、その方はますます激しくなっていて、とりあえずそれが実現しないことにはアキラはどこにも出掛けないような感じだった。

ぼくが朝食を食べているまわりで毎朝騒ぎまくり、それがいよいよ止まらないようになっていて、ツバがとんでくるからやめろというと、「バッ、バッ、バッ」だの、「ビャッ、

ビャッ、ビャッ」だの、わざとツバがよくとぶようなフレーズをつくって連発してくるから、殴りつける振りをしてみせたのだけれど、二、三歩うしろに跳んでかわしてやめようとしない。アキラが離れた隙につづきを食べはじめるとまたすぐそばに来て、

「ジャッ、ジャッ、ジャジャジャー」

と、ツバをとばしてくるから、わかったよ行くよと言ってもそんなカラ約束ではアキラも納得してくれないで、

「ねえ、行くっていつさあ？　行くっていつさあ？　行くっていつさあ？」

を今度は連発し出してそれが止まらなくなっている。そうかといってこっちもアキラのそんなやり方にただのってやるのも面白くなくて、よう子の方を見るのだけれど、よう子は平然とコーヒーを飲んでいたり洗濯機を覗きにいったりしているだけでさっぱり様子がわからない。そうして洗濯物を干す段になるとアキラは歌をやめてひょいと身をひるがえしてよう子を手伝いに行くものだからぼくはアキラに聞こえないように笑ってしまう。

それでアキラが洗濯物を手伝っているあいだに「じゃあな」と言って逃げようとしたが、

「ア」と言って外から走ってきて、

「運転手つれてきちゃうよ」

と、追い討ちをかけられた。

それで少しいつもより早く部屋を出ることになったのだけれど、東京というのは中心と郊外に木が多いことになっていて、たとえば皇居や神宮には大きな木が多いのに、もう少し中心から離れるとそういうものがまばらにしかないようになってしまって、練馬の中村橋あたりになるとまた自然そのままのような大きな剪定《せんてい》をしていない木が沢山はえているので、駅までゆっくり行くような日にはわざわざそういう木の多い裏道を選んで木の緑に感心しながら歩いていく。

木があるというのは、風があるかないか、それが強いか弱いかが目からも感じられるということで、風があまりない日にはそれだけ暑くも感じられているのかもしれないが、それにしても中途半端な都心のほとんど木のない建物ばかりのところで少しぐらい風があるのよりもずっとよくて、十時か十一時の陽差しの中をぼんやり歩いてもそれでいいと思えるし、シャツの下に汗をかいていてもそれも自然だと思えてくる。

それに裏道を歩けばミイとミャアに会えるという期待もある。よう子からその後、二、三回見たという話も聞いてはいるが、それでいいというものでもなくて、今二匹がどういう風になっているのか自分でも見てみたいと思っていたのが、その日いつも目をやらないところにミイとミャアがいるのを見つけた。確かにそういうもので、同じところばかり見ていても猫は見つけられない。

二匹はいつものマンションから三、四軒離れた道の向かい側のアパートの階段の中程、つまりぼくの頭よりいくらか高い位置に並んで坐っていた。二匹がそこを選んだのは、上に屋根があってそれが日除けになっているのと、その階段が踏み板だけで奥の縦板がないようになっていてかすかながら風が通っていたからなのだろう。ぼくが立ち止まって見上げてもミイもミャアも逃げようとしないで坐っていた。

ミイとミャアの顔が正面に並ぶと、警戒心の強いミャアの方が鼻から口にかけて白い部分が大きいのがわかる。といって二匹を見比べても、冬にぼくの部屋を覗きに来たのがミイなのかミャアだったのかなんて確かめようがないが、そうやって見ていると、あの冬の感じがこういうとき独特の、からだのどこかにしまい込まれていた記憶が何か形あるものとしてではなく全体の何かのように浸み入るようにか浸み出すようにかして戻ってきた。それには何か人を身動きできなくというか、そのままずっと動かないでいたくさせるようなものがあってじいっと見つめてしまったのだけれど、すぐに二階のドアが開く音がして人がこちらに向かってきた。

どっちに逃げるのだろうと思ったら、その位置から階段の裏に一気にミイもミャアも跳び降りたので、二匹の見せてくれたいかにも猫らしい成長にうれしくなってしまった。二匹はそのままそのアパートの裏手の方に駆けていき、それを見ていたぼくが動くのを待って二階から出てきた主婦が階段を降りてくる音がした。

それでまた仕事に向かうつづきになるのだけれど、渋谷駅の乗り換えの階段をのぼったところで改札をぬけてきた三谷さんにばったり会ってしまった。会うと三谷さんはもう動くのが嫌だという感じで立ち止まり、

「暑い」

と、一言言ってぼくをまじまじと見て、東京の暑さは重くてそれにほこりだらけなんだというようなことを言ってからどこかに入ろうと言ってきたので、ぼくもそれにしたがうことにした。三谷さんは歩いているあいだはしゃべらないから、改札を通り直してロータリーの向こうにある喫茶店を目指して歩道橋を渡るあいだずっと二人とも黙っていて、喫茶店に入り腰を降ろしてようやくいつもの、

「どう、元気?」

というまったくやる気のなさそうな一言で話がはじまった。それにつづいて、パリから帰ってからまだ一度も会社に行ってないんだという本当にやる気のない話が出てきたのだが、それについてもこっちの返事を何か求めるのでもなくて、すぐに、

「〝カバラ〟って、知ってる？」

　と言い出してきた。

　黒魔術とかカバラとかくわしくは知らないが言葉としては聞き馴れているものだから、そういうときによくする曖昧な調子で「へえ」とか「ふうん」とか、そんなちゃんと音になっていないような返答をすると、三谷さんはいかにも自分のペースでしゃべる三谷さんらしく、それだけ知っていれば充分という顔をして、

「神戸の方に住んでる人で、カバラの本を書いてる人がいるんだよ」

　と、話をつづけてきた。

「その人はカバラを使って、本の中とかタロット・カードの中なんかに入ったりできるらしいんだよ。

　ものすごい近視で、もうまわりのものなんかほとんど見えないらしいんだけど。

　いやっ、まだ直接会ったことはないけど、あれは嘘じゃないね。みんなそう言ってる」

　というのは、競馬が競馬会に仕組まれているというのと同じで、みんながそう言おうが特定の誰かがそう言おうが結局三谷さんがそう思ってそれを口にすること以外に当面何の根拠もないのだけれど、三谷さんといると客観的な根拠みたいなものにはこちらの考えもいかないようになっているし、こう言ったときにはすでにいつものテンションになってい

たから、三谷さんの話を半分以上真に受けながら聞きはじめることになっていた。

「その人がカバラのことを調べに、一年間イギリスに行ってたの。もう五十ぐらいだから結婚もしてて子どももいるんだけど、全部日本に残したまんま、一人で。で、そこからが話なんだけど。俺は信じてるけどね。

その人が言うには、願いをかなえることは絶対に可能なの。疑ったりしちゃだめだよ。それで、強く念じつづけなければいけないんだけど」

と、そこでぼくがただ思っているだけでいいのかというようなことを訊くと、

「やっ、ちゃんとテクニックはある。それじゃないとカバラにならないの。オカルトはテクニックから入るものなの。だけど、それが今はわかってないの。俺にも。テクニックがわかっていれば俺は今、おまえとなんか話してないよ」

というのは、ぼくなんかと話をしていないでその訓練をしているという意味なのだろうが、三谷さんの話はこまかいことをいちいち気にしていても仕方ない。

「ただね。その願いがいつかなうかは、わからないんだって。で、それは何か非常に大事なものを代償にして実現するんだって。何を失うかも、まったくわからないの。先に失うこともあるし、後に失うこともあるんだって。それに関する

一連の事件が終わったときに『ああ、あのときのあれがそうだったのか』って、わかるんだって。

で、イギリスに行って半年くらいしたときに、どうしても欲しくて見つからない本があったんだって。十八世紀だかに書かれたやつで、それがないとどうしてもわからない部分があったんだって。

で、その人はカバラを使うの。

そうするとその本があっさり見つかるの。さんざん手をつくして見つからなかったやつがだよ。古本屋にあったんだって。それもびっくりするくらいの安さで。で、中確かめてみても本物。すごいっ！　と思って買って帰ってきたら、金時計を盗まれちゃってたんだって。それがおじいさんの代からしてるやつで、ものすごく高いやつなんだよ。たぶん、その店の中で盗られたんだろうって言うんだけど。それが代償だよ。

でも、その人もなんでそんな大事な時計を持ち歩いていたんだろうね」

と、一つ言い終わるといかにも他人事のように笑ってつけ加えるところも三谷さんで、

ぼくが、

「その本を手に入れるオトリで持ち歩いてたんじゃないの」

と、適当なことを言うと、

「それはある。

無意識がそうさせたのかもしれない」

と、真顔で答えてくるのも三谷さんだ。

「で、それからしばらくすると、今度は旅行鞄をまるまる盗まれちゃったんだって。現金とパスポートとトラベラーズチェックの入ってるのをまるごと。よく盗まれる人だよな。だいたい、ああいうことばっかりやってる人っていうのは、ぼんやりしてるんだよ。日常と切れちゃってるから。

ま、それはどうでもいいんだけど、そうなると、さすがに帰らなくちゃいけなくなるじゃない。金が一銭もなくなったんだから。

で、またカバラを使ったんだって。

そうすると今度は、一週間後に日本から、自宅が全焼したっていう連絡が届くの。

で、『これかな』と思ってたら、すぐに火災保険がおりたっていう知らせがきて、日本から金が届いたんだって。

だから、本当に代償が何になるのかは予想もつかないんだけど、必ず実現させられるんだよ」

と言ってまた大きく息をついてぼくにはそれが終わりのしるしのように一瞬感じられた

が、ここまでの話はカバラの人のことばかりでつまり三谷さん自身と関係のない話ということになるから、それは聞いてるこっちにも何か物足りなさとしてあって、終わったようだけれどまだきっと終わりではないのだろうというような了解を自然にこっちもして待っていると、

「今度その人は、カバラの最終段階に入ろうとしているんだって」

と、それまでとだいぶ調子がかわって静かに三谷さんはつづけてきて、その最終段階の技を身につけるためには、それと引き換えに自分の持っている一番重要なものを失わなければならないのではないかと言われているという話を持ち出して、それが何だと思うかと、不意にぼくに訊いた。

自分のペースでしゃべっていながら急にこっちに質問を投げてくるのも三谷さんらしいのだけれど、ぼくにしてみれば唐突なのだから「視力?」なんてマヌケな答えをしてしまうと、三谷さんは当然の答え、これ以外に考えられない答えというように、

「俺は名声だと思う。

誰からも忘れ去られるんだよ」

と言った。

カバラの最終段階に到達したときに誰からも忘れられてしまったら、もう誰も確かめよ

うがないのだから、その時点で嘘も本当もなくなってしまうことになる。こういう考えの仕組みは見事に神秘主義者のものなんだろうと思って、勝手に納得しかけていたら、三谷さんの話はそんなところで終わらないで、

「でも、そうなったときこそ、俺は忘れないね。

会うのはそれからでいいんだよ」

と、ここで三谷さんはそれまでの話全部を自分に引き寄せてしまった。自分だけが幸運を独り占めする方法を知っていると考える三谷さんらしい楽観的世界観といえばいいのかよくわからないが、とにかくそういうことを言ってみせて、うれしそうに一度笑ってから、いつもの、

「じゃあね」

が出てきて別れた。前の日とその日を通じて、結局、競馬の話が一度も出なかったから、もしかしたら三谷さんの競馬熱はバリに行って一気に冷《さ》めてしまったのかもしれないなんて考えも出てきかけたが、それよりも、三谷さんが今度はオカルトと競馬を結びつけようとしていると考えた方がいいような気がして、たぶんそうなのだろうということになった。

繰り返しになるが六月から夏の競馬になっていたから全体として境目やメリハリがなくなっていて、石上さんと二人になるとそろってだらだらした感じになっていたのだけれど、その石上さんが八月のはじめに仕事で二週間イギリスに行くことになった。

石上さんに仕事でイギリスに行くと言われてみると、ぼくは石上さんの仕事が何だったのか思い出せないで、イギリスまで行くような仕事だったっけと訊いてみると、石上さんの方も、

「そうなんだよ。俺もイギリスに行けるような仕事があるなんて思ってなかったよ」

と、グラスのビールを飲みながら他人事のように言ってから、その仕事のことを指して、

「言わなきゃいけないの？」

と言って、またビールのつづきを飲んでいるので、ぼくの方も別にその辺はどうでもいいと返事をしたのだけれど、

「まあ、たいした手間じゃないよ」

と言ってから、石上さんにしてはいつもよりずっと事務的な口調で、つまり今ある女子高の学校紹介ビデオを作っていて、そこの修学旅行のようなイギリス旅行をそのビデオに入れることになったので、担当社員としてついて行くことになったのだという説明が出てきた。そういう誰がしゃべっても同じになるような説明をし終わると調子が戻って、

「時代だよ」

と言って、ぼくの同意を促すような間をとってから、

「俺なんかの頃には、高校生が外国行くなんて考えられなかったもんな。だいたい、海外旅行がまだ自由化されてなかったんじゃないか」

海外旅行の自由化なんてことを持ち出すのが石上さんらしくて横で笑ったら、石上さんは調子にのって、

「本当だよ、おまえ。台湾バナナとかね、オレンジとかね。輸入の自由化の歴史っていうものがあるんだから。あいつらは、そういうのをゼーンブ、ムカシッから自由だったと思ってんだッ。俺たちんときは、輸入盤のレコードは高いしさあ、自由じゃないもんばっかりだったんだぜ。

あいつらにはかなわねえよ」

「かなわない」とか「弱る」とか、そういうのは石上さんの口癖でつまりどうとも思っていないのだから結局どうでもいいというように笑ってから、「でもね」とそこでもう一度力を入れ直して、

「セーフクで行くんだって。アハハハ、笑っちゃうよ」

と言って、やたらと気持ちよさそうな馬鹿笑いをしていたのだけれど、ぼくはビデオの収録があるからそういうことになったんじゃないのかと思い、テレビに映るからきちんとした格好をするのがまだ昭和三十年代の発想のようだと思ってそんなことを言うと、石上さんは散らかっていた視線をぼくに集め直して大きく唾を飲みこみながら「違うの」と一所懸命に否定の手を振って、

「去年もおととしも制服だったんだって。

もっとも、現地に着くまでのあいだだけだけどね。

しっかしさあ、飛行機乗ってるあいだだけセーラー服着てるんだぜ。外人が見たらどう思うんだ。海軍の少年兵かと思うんじゃないか。

また戦争が始まるなんて思われたらどうすんだよ。フォークランド紛争の再燃かよ」

と、そんなことを言うと石上さんは一息ついてビールの次にジンを頼んだ。

それにしても、石上さんが三十四歳で相手の女子高生は十七、八なのだから兄と妹というよりも父と娘といった方がいいような年の離れ方だ。相手が平気な顔をしてセーラー服で飛行機に乗ったりすると聞かされると、石上さんの方は貿易や旅行の自由化の話をはじめたり冗談が勢いあまって戦争のたとえになったりしてしまう。いつもは世代論なんかと無縁な顔をしているくせに、もっと無縁な子たちを前にすると急に上の世代の人間に近づ

いてしまうのが情ないことなのか、とにかく石上さんのような人が大状況を口にするのが馬鹿馬鹿しくておかしかった。

そのうちに話は競馬の方に流れていき、石上さんはディック・フランシスの競馬ミステリーの文庫本を鞄から出してきた。

「競馬はまだ鎖国なんだよ、日本は」

というのは石上さんに言われるまでもなく知っていたけれど、「鎖国」などという言葉が出てくるのもさっきの自由化のつづきのようなもので、

「外国なんかすごいんだよ。馬主がフランス人で、調教師がアメリカ人で、騎手がイギリス人で、ドイツのレースを使うなんてことがあたり前なんだからね。それで、そのフランス人からアラブの皇太子が馬を買っちゃったりすんだよッ」

と、酔払いがする得意そうな顔をして見せたが、それも石上さんに言われなくても知っていた。それにしても、とにかく話なんてものはいちいち相手にとって耳新しいことを言いあうようなものでもないし、それはそれでお互い面白くて、

「で、イギリスの競馬場マップとか競馬場ガイドとかって、日本で売ってんの?」

と訊いてみると、石上さんはぼくに人差指を突きつけて大きく肯きながら、

「それなんだよ。それ、それ。

えっ？　ないんだ。そういうものが。

だから、ディック・フランシスでも読んで競馬場のあるところをだいたい見当つけるしかないんだよ。これでも、ロンドンのそばなんだか、リバプールから北とか南に何キロなのかっていうようなことはわかるから。あっちの推理小説って、そういう細部とか事実関係がきちんとしてるじゃん」

と言うのだけれど、ぼくが、

「まあ、いちいちそれするくらいだったら、ちゃんとした地図買って、エプソムとかアスコットとか調べたほうがいいんじゃないの。あれって、地名でしょ」

と言うと、石上さんはまた酔払いの得意顔になって、

「調べたよ。俺は段取りはいいんだって言ってんだろ」

と言われてみると、確かに石上さんの仕事は段取りをして回るのが多くて、石上さんのように仕事を仕事とわりきっているような人には段取りのように仕事の中身自体にわりきりが要求されるものがいいのかなどと思ったが、それはそれとして石上さんは「だけどね、ないんだよ」と、地図に競馬場が載っていない話をつづけてきた。

「アスコットっていう地名はすぐに見つかったんだけどね、そこに競馬場がないんだ。大きいやつだから、美術館だか博物館はちゃんとこう敷地の形に塗られてんだよ。それなの

に競馬場はないんだよ。そんなことって、あると思う？

どうせそこまでしかわからないんだったら、ディック・フランシス読んで考えてる方がおもしれえじゃん」

と、そこで結局どうでもいいんだという風に顎《あご》を突きだされれば、「それはそうだよ」としか言いようがなくて、話は近々のレースの予想なんかに移っていったのだけれど、近々のレースといっても何しろ小さなレースしかないから熱が入らず、秋から先の話になったり、二ヵ月前のダービーの話に戻ったりしていた。それからもう一軒飲みに行き、別れ際に石上さんは、

「エプソム競馬場で蹄鉄《ていてつ》のみやげでも買ってくるからさあ」

と言い残してよろよろとタクシーに乗っていった。


そういうわけで夏の話はアキラやよう子のことが中心になるのだが、もう一人のゴンタというのがぼくの部屋に来た日も、ぼくは会社を早目に出て五時半ぐらいに中村橋の駅に着いた。別にその日が特別早かったのではなくて、ぼくは夏が好きだから働く気も起きないで気持ちに素直にしていると結局早く帰ることになる。

七月の五時半だからまだ昼間のような明るさで、かりにあと一時間半遅くなると七時で、そうなると夜とはいわなくても間違いなく夕方になってしまっていて、しかしそれで仕事で疲れたということにはならないのだけれど、そういうことではなくて、明るいうちに部屋に戻ると一日がまだ半分以上残っているような気がしてくるから、とにかくそれだけで気分がよくなってくる。

それで部屋に帰ると、ドアを開けるタイミングを計っていたようにアキラに「ねえ、ねえ、ねえ」と迎えに出てこられて、これは何かあると思っても対応する気持ちはまた違うもので、普通の顔で「何?」という風にアキラを見ると、アキラは、

「海行く運転手つれてきた」

と、アキラより少し小さくて、アキラと比べるとずっと破綻《はたん》がなさそうに見えるやつをひっぱってきた。

「ゴンタって呼んでやって」

とアキラから言われたゴンタは愛敬《あいきょう》のある笑顔をつくってちょこんと頭を下げた。ゴンタは、アキラが「ゴンタ」と呼びすてにするくらいだから同じ年ぐらいなのだろうが、二十二、三のやつにしては珍しく、初対面の大人に向かって攻撃的な感じも見せていないし、必要以上に内向的な様子も見せていないのがむしろ変な感じにこっちをさせた。攻撃

的な様子を見せられるとついこっちもそれに対抗するような構えになりかかってしまうのだから、とにかくそういうのはない方がよかった。

「ねえ、ねえ、ゴンタも映画撮ってんだよ」

と、アキラはこういうときには気をつかっていろいろ教えてくれようとするのだけれど、そう急に言われても答えようがないのでぼくはゴンタの方を見て、「あ、そう」とだけ言って着替えをしに隣にいった。アキラはぼくの後ろをついて歩きながら、

「ね、この人は『こんど見せろ』とか『どんなの撮ってるの』なんて訊かないだろ」

と、これもだいぶ気をつかっているらしいことをゴンタに言っているから、

「あ、今度見せてね。どんなの撮ってるの」

と、おうむ返しに言ってみると、ゴンタはその返事をするかわりにアキラの方を見て笑っているだけで、アキラがまた横から、

「ゴンタはねえ、撮ってるだけで一度も完成したことないの。へへ——

でも、けっこういいんだよ」

とロをはさんできていて、ぼくはアキラのしゃべるのを聞きながら、服を着替え終わり、それから洗面所にいって顔と手を洗ってうがいをした。

「こいつずっと8ミリビデオで撮ってるんだよね。だから、『映画じゃなくてビデオだろ』

って言うと怒るの」と、そんなことをアキラはしゃべりつづけていて、「いいじゃん。本人が映画だっていうんなら映画だよ」というようなことをぼくもたまに答えていた。

そのあいだゴンタがずっと黙っていたのは、内向的だとか口が重いとか、もっとひどい場合として五つ以上年の離れた相手には話す言葉を持っていないとかそういうことではなくて、初対面の遠慮としてほどほどの愛敬を見せているだけにしているらしいというのが何となくわかってきたし、ほどほどの愛敬で笑っているというのも考えようによってはひとつのしゃべり方だと思えるような笑い方でもあった。

「それでこいつ、いっつも8ミリビデオ持ち歩いててねえ。

急に撮り出すんだよ。それで、撮りながら一人でしゃべるの。

変でしょ。

でも、それはいいんだけど、オレが横にいてさあ、しゃべっちゃいけないのかなって思って黙るじゃん。そうすっと、黙ってなくて普通にしゃべってろって言うの。

ねえ、そうなっちゃうとさあ、こっちもわかんないじゃん。ゴンタ一人でしゃべってんだったらつながるけどさあ、前のとか、他のとかと。一緒にいるヤツなんていつも違うでしょ。そんなことしたら、全然つながんなくなっちゃうじゃん」

アキラが「つながる」とか「つながらない」とか言ったのはビデオが作品としてできあがったときの一貫性の問題で、一つの作品の中で途中いろいろわけのわからない人間の声が入ってきたらそれで一貫性がこわれてしまうという意味で、アキラもそれなりに映画の決まりを知ってしまったことのあらわれでもあるが、とにかくアキラはずっとしゃべっていて、それで「フゥ」とでも音がするように一息ついて、ぼくとゴンタ二人をわざとらしく交互に見て、

「ヤダなあ。オレ一人でしゃべってんじゃん。さっきから」

と言って、芝居くさく頭なんかを掻《か》いて見せて、それでもう一度自分に注意を戻してから、

「テレるなあ。二人から見られちゃうとォ。

おい、ゴンタ、なんかしゃべれよ」

と、ゴンタに話をもっていったのはそれもアキラの気のつかい方で、アキラとしてみればゴンタが黙ってばかりいてぼくからバカなヤツと思われないようにしたということなのだと思う。そう言われるとゴンタは少し間をおいて「あのォ」と言って、またそこでどう言ったものか考えてから、

「ぼくの映画のことじゃないこと話してもいいですか」

と、笑いながら言ってきた。そう言われてみるとそのとおりで、アキラもはじめはゴンタの紹介代わりにゴンタのビデオのことを話し出したのだから、そのペースにのってしまうこともないと思ってゴンタの言ったことにいったん賛成してから、それでも、

「でも、自分の映画のことじゃヤなの？

アキラに言われるとバカにされてるみたいな気になっちゃう？」

と言ってみることにした。そうすると、

「ええ──

でもアキラはいつでもそうだから、誰も本気にしたりしないから、別にどうでもいいんだけど──

そんなことより、はじめて会った人とはもう少しどうでもいい話の方がいいっていうか、なんか──」

と言ったその「どうでもいい話」というのが気に入ったから、それにも賛成してそう言ってみたが、だからといってどうでもいい話がすらすら出てくるわけでもなくて、少し黙ってしまうと、

「あ、ヤだな。

そうやって二人で気があっちゃって、またアキラ君が仲間はずれにされちゃうんだよ」

と、アキラがしゃべるその感じが一番どうでもいい話の感じになっていて、そう思ってぼくがアキラとゴンタを交互に見ると、ゴンタもぼくとアキラを交互に見ているので、ぼくとゴンタはおかしくなってまた二人で笑い、それから、

「でも、おもしろいね。アキラのまわりのやつで車の免許もってるのって、珍しいんじゃない?」

と言うとゴンタは、

「ええ。映画やってるやつって、だいたいみんな金を全部映画に使っちゃうから、免許とってないやつが多くて不便で。だから、しょうがないから自分で免許もつことにしたんです」

と言うからぼくは、

「じゃあ、君はお金もってんの」

と、口だけが反射的に動いたような受け答えをしてしまい、アキラがギャハッと馬鹿笑いをし、ゴンタは苦笑いをしながら、

「ぼくだってないよ、お金なんか。だから、免許もってるっていうだけで車はもってないんです」

と、聞いて、

「アッ、なに？

じゃ、アキラ、おまえレンタカーの運転手つれてきたわけ？」

と、ぼくが大声を出してアキラに顔を向けると、アキラは「ま、いいじゃん」みたいなことを言っているのだけれど、その言い方を聞いてアキラをいびってやりたくなって、

「おまえ、自分は金出さないからって、すぐレンタカー借りようとか——

なんでおまえ、自分のビンボーをもっと見つめないんだよ。おまえ、ビンボーなんだから、電車で行けばいいんだよ、電車で。

『だってぇ……。海行くんだったら車じゃないと気分でないでしょ……』

とかなんとか、すぐ言い出すんだろ。本当に通俗なやつだなあ、おまえはァ。

なんだァ？

『アッ、アッ、アッ！

アッ、アッ、頭に陽があたるゥ！

熱い、熱いゾ、死にそうだァ』だって？

死んじゃえよ、おまえなんか」

アキラの口真似を入れながら景気よくアキラを罵倒《ばとう》していると、ゴンタは楽しそうに笑

っているから、やっぱりゴンタはアキラとまわりのつきあい方をよくわかっているようだったが、それはそれとして、アキラはしゃべり終わったぼくを上目づかいに覗き込んで、

「ねえ、でもいいんでしょ」

と、絡《から》まりついてくる。そうこられるともう一度景気よくやってやりたいと思わせるのがアキラなのだけど、次を言うのに一瞬間があいてしまったそのときによう子が戻ってきて、三人の注意がよう子の方にいってしまった。

よう子はスーパーのかなり大きめのビニール袋を下げていて、

「猫のドライフードだから軽いと思ったんだけど、やっぱり沢山買うと汗が出ちゃう」

と言いながら、袋を床に置いてポケットからガーゼのハンカチを出して、それで鼻と額にハンカチを当てて汗を取り、それから首すじの汗を拭いてそのまま真っ赤なタンクトップの胸にまで手を差し入れていった。それが快活で自然な動作になっていたのが見ていたこっちには気持ちよくて、同時に手が胸にまでいったのが少しはっとさせる感じでもあったのだけれど、そんなことはよう子には関係なくて、

「お昼すぎにね、猫たちにご飯を置いて回ってたら、残ってるのが腐ってワニャワニャしたニオイがしたの。だって、そうよね。こんな暑い時期に缶詰なんか置いとけば腐るに決まってるもんね。

だから、ドライフードに替えることにしたの。それにドライフードの方が全然安いし」

と、こちらの三人の誰にともなく言ってから、よう子はいつも缶詰が積んであるところに、ドライフードの箱を一つ一つ丁寧に並べていたのだけれど、ゴンタを見るといつの間にかビデオカメラでよう子のことを撮りはじめていて、ぼくが振り返るより少し早く今度はぼくにカメラを向けていた。アキラも気がついて、

「ね、こいつ気がつくとビデオ撮り出してるでしょ」

と言うから、ぼくは急に笑い出してしまった。アキラもゴンタと同じようになんの前触れもなくよう子を写真に撮る、だからアキラ、おまえだってゴンタとおんなじことしてるじゃないか、でもいつもおまえは自分は棚にあげておいて、人のことばっかり言う、と、そんなことを言おうとしたのだけれど、言うより笑っている方が楽しかったから笑いつづけていて気がつくと、ぼくが笑っているからといってゴンタはぼくを特別撮らずに同じ調子で三人を写している。

ビデオは写真と違ってシャッターを切れば終わりというのではなくて、ずうっと回りつづける。四人いて三人が勝手に笑ったり笑われたり、しゃべったり猫のことを考えたりしている中で、一人だけ表情の変化の少ないことをしているのは確かに変だが、それだけではなくて、見ているとゴンタのカメラは焦点が変なのだ。それでぼくはゴンタにそれをし

ゃべった。

「誰かが動作してるじゃない。おれが笑ったりさあ、今みたいによう子が猫の餌いじったりさあ。そういうのと、ゴンタのカメラって、対応してないんだよね。

ふつう誰かが動作してればそれを撮りたくなるもんだけど、そうじゃないんだよ。ゴンタのカメラはなんかふわふわ動いてるんだよね」

と、ゴンタのカメラにつられたわけでもないだろうが、いつもよりどこか意識的に三人に均等に目を動かしてしゃべり、そうするとゴンタが、相変らずビデオを回しながら、

「これって、けっこう訓練がいるんです。

こうやってビデオ撮ってると、ぼくはビデオのフレームでまわりを見ちゃうわけでしょ。だから、油断するっていうか、油断はちょっと大げさだけど、とにかく、つい、しゃべってる人とか一番動いてる人にカメラがいっちゃって。

でも、そういうのって、どっか変でしょ」

と言って、少し間をおきながらつづきを考えているらしかったが、そうしながらもやっぱりカメラの視線が一定していないのが、言われてみれば訓練の成果のようにも見えてきた。

「だから、そういう風に撮ってると映画に、って、普通の映画のことだけど、普通の映画

になっちゃうんですよ。

映画って、だいたいしゃべってる人を中心に撮るでしょ。そうすると、そのあいだって、聞いてる方の人が何してるかわかんないでしょ。

だけど、しゃべってる人の動作なんて、だいたい見なくたってわかってるし――

それに――しゃべってる人と聞いてる人がいると、聞いてる方の人は、しゃべってる人のことなんかちゃんと見てないことが多くて――、下向いてたり――。でも、しゃべってる方は聞いてる人がある程度見えてないとイヤで――。サングラスとかしてたら話しにくいし――」

それを聞いてるうちにぼくは突然感動して、そこで、

「おまえ、スゴイよ!」

と、大声を出したのだけれど、三人とも特に反応しないで、きょとんとしているわけでもなく普通にしていたから、

「映画やってるやつらで、そんなこと考えてるやついないよ」

とつけ加えるように言うと、ゴンタはまだビデオを回したまま、

「へへ、うれしいな、ほめられると。やっぱり。

これねえ、ビデオ撮りながら考えたことなんです」

と答えてきて、ぼくはそれにまた、

「スゴイよ。だからスゴイんだよ。そういうのって」

と、自分でもはしゃぎすぎだと思うくらいに「スゴイ」を連発したのだけれど、ゴンタの方はいたって平静で、

「でも、誰かに話したの、はじめてなんです。

いつも、ビデオ撮りながらごちゃごちゃ考えているんだけど、それに、一人で撮ってるときにそういう考えをしゃべってみることもあるんだけど、誰かに話したのははじめて――なんです。

こういうことって、ビデオ撮ってるとわかってくる――っていうか、感じてくるみたい」

「スゴイよ。

おまえ、ちゃんとビデオと頭を一緒に使って考えてるんだよ。

そうに違いない」

と、ぼくの方もさっきからのつづきでゴンタのように三人を均等に見つつしゃべってて、アキラが、

「だって、映ったの見てみなくちゃ、わかんないじゃん」

と、やきもちでも妬《や》いているように言ってきたのにも、

「だって、アキラ、さっきけっこう面白いって言っただろ。でも、そんなことじゃないんだ」

と、ぼくは相変わらず力が入っていて、

「ゴンタのそういう考えっていうか、態度がスゴイんだよ。映画やってるやつらなんか、そんなところから出発しようとしないだろ。

面白い話を撮ることしか考えてないじゃん。

ゴンタはねえ。

面白いって、どういうこと？　とか、この世にカメラが存在してるって、どういうこと？　とかね、そういうことを考えられるんだよ。

だから、仮りにね、今撮ってるのがつまらなくてもいいの。いつかきっと、全然違う映画を撮れる。

――っていう可能性があるんだよ」

と、自分でも途中で少し大げさかなと思ったから最後がそうなった。そうするとアキラが自分の鼻に指を向けて、

「じゃ、オレは？」

と、言ってくるから、

「すーぐ『じゃ、オレは』」

と、ぼくはアキラの口真似をして、それから、

「すぐ、自分のことばっかり言うなよ、本当に。おまえはいいんだよ。おまえは、そういうこととは関係なく、通俗な世界での寵児《ちょうじ》なんだから。大丈夫。通俗世界でなら、アキラは天才だよ」

と言ってやると、アキラは反応に困った笑いで顔をこわしそうにしているくせにまだ、

「ねえ、それって、ほめてんの？　けなしてんの？」

と、言ってくるから、

「大丈夫。おまえは、ほめられることとけなされることが一致する稀有《けう》な人間なんだから。気にすんなよ。だから大丈夫なんだよ」

と、ダメを押してやった。

それからどんな話だったかどうでもいい話になっていって、四人でビールを飲みはじめたのだけれど、よう子はビールを飲むよりも台所に戻って、さっき買ってきた猫のドライフードの箱を一つ一つ手に取って、箱に印刷された成分表だとか一回にあげる分量だとか

そういうのを熱心に読んでいて、そのうちに箱を開けて中身をカリカリと音をさせて食べはじめた。三人ともよう子のすることを見ていたからそれにはそろって、あれ？　となって、すぐにアキラが、

「ゲー、そんなの食べちゃだめだよ」

と大声を出したが、よう子はきょとんとしていて、

「え？　あたし？

これ？　別にまずくないわよ」

と、普通に答えてきた。

「だめだよ」

「どうして？　猫になっちゃう？」

「ハハ、ちがうよ。人間が食べられるかどうか、わかんないじゃん」

「平気よ。別に毒が入ってるわけじゃないもん。

どんな味かわかんないのに猫にあげたら、なんか、無責任じゃない」

「だァッて、さあ——」

と、アキラはつづけられなくなって、こっちの方を見て、ぼくに助けてほしいような顔をしたのだけれど、よう子の答えでぼくにはもう一つ驚いたことがあって、そういうこと

なら缶詰のキャットフードの方も試しに食べていたのかと訊いてみたら、よう子はあたり前の様子で、

「うん。食べてみた」

と答えた。ぼくはそこでまた感心してしまって、スゴイだとかちっとも知らなかっただとかそんなことを言っていただけなのだけれど、アキラの方はずっとぼくのことを見てい て、やっぱり顔が困った笑いになって、

「あのさあ――」

「いいじゃん。よう子の考え方はいいよ」

「だって――」

と、今度はアキラはゴンタの方に助けを求めたが、ゴンタはゴンタで面白そうに笑っているだけだった。ぼくはまださっきの興奮の余韻《よいん》があったらしくて、

「なんか今日は、考え方の日だなあ」

なんて大きな声で言っていたが、これは大きさにかかわらず独り言なのだったけれど、独り言でもやはりそれが聞こえている相手がいる方がいいような気がして、今この部屋で起こっていること全部が楽しいとも思った。

そのうちによう子が新しいドライフードを配ってくると言いながら、流しの下からごそ

ごそと発泡スチロールやプラスチックの空になった容器を取り出しはじめると、まだ外に明るさが残っていたこととそのときの気持ちのよさからぼくも一緒に行きたくなり、ぼくから誘わなくてもアキラもゴンタも行く気になっていて、それで四人でそろって回ってくることになった。

歩きはじめると全体がよう子のペースになる。歩く速さといった具体的な何かよりも動いていく感じとでもいいたいそういう全体がよう子のもので、よう子はだいたい道の真ん中を歩きながら塀の隙間や屋根の上や木の枝に休みなく目をやりつづけていて、そのまわりでアキラとゴンタが先に行ったり後ろになったりしている。ぼくたちはよう子という母猫を中心にした子猫の家族のようになっていた。

よう子は餌を置くのに個人の敷地をちゃんと避けていて、だいたい駐車場か空地かキャベツの植わった畑の隅を選んでいて、そこで古くなった餌を土に埋めて、空いた容器をもう一つ持ってきた空のビニール袋に戻していく。

「今までは十五ヵ所だったけど、ドライフードにすれば手間が楽だから、もっと増やせるね」

と、よう子が言うのはそういう古くなった餌と容器の始末のことがあるからで、これで始末の手間が省けるのはやはりよう子にもうれしいように見えた。それから、家と家のあ

いだの肩幅より狭い路地のようなところにもよう子は入っていってそこの餌を替えてきて、

「ここはねえ、このあいだアキラ君が見つけたの。頭にちょっとだけ模様がある白い子。だから、特別置いちゃうの」

と言っているとそのあいだにちゃんとアキラはシャッターを押していて、それからぼくを見て、

「へへ、ほめてるときの顔って、いいんだよ」

と笑っていたのだけれど、それが本当にほめていることになるのかどうかはともかく、シャッター・チャンスとか何とかいうよりも、アキラの感情とかまわりへの感覚がカメラと一つになっているようで、そう思うとカメラで世界とつながっているのはゴンタだけではないようだった。

そうしているとぼくたちの数メートル前を足だけが白くて他は全部黒の猫が堂々と歩いていったが、当然のようにその猫のこともよう子は知っていて、

「ね、あの猫、ふてぶてしそうでしょ」

と言ってから、その猫がそのあたり一帯で有名な悪い猫になっていて、野良猫にも飼い猫にもかまわず喧嘩をふっかけて回っているという近所の人の話や、干してあった布団にオシッコをひっかけたのでその人が怒って「最近このあたりをうろついている黒猫にエサ

をあげないようにしてください」という貼り紙を出したなんて話までして、「でもね、その貼り紙がおかしいの。あの黒猫のイラストが書いてあってね、それがすごくかわいいの。ぜんぜん悪そうな顔になってなくて、ヒョウキンなの。

その人きっと、猫が好きなのよ。それで油断すると自分でも黒ちゃんに餌あげちゃいそうになるんだけど、でもやっぱり、布団のことは怒ってるの」

とうれしそうにしゃべっていて、その猫に「黒ちゃん」という名前をつけていることもついでにわかった。

そうやって歩いているあいだにアキラがシャッターを切ったのは四回か五回だけだったけれど、アキラは週に十二、三回はよう子と歩いているのだからいつもそうそう何枚も撮っていられないのだろう。はじめて歩くゴンタの方は三人の様子を撮ったり、この中村橋あたりのマンションがまだ点在の状態で全体として畑の面積に負けていて、何軒か藁葺《わらぶ》き屋根の農家の名残りがあったり、塀に囲まれた中に大きな木を何本も繁らせている旧家があったりする風景を撮ったり、定期的に空にカメラを向けて夕方から夜になっていく様子を撮ったりしていたが、ゴンタが撮ろうとしていたのはそういう一つ一つのことではなくて、あのときにぼくたちがああいうことをしていたということの全体なのだろう。

とにかく夏の夕方から夜に変わっていく時間に何人かでゆっくりと過ごしているのは気

持ちがよかった。そういう風に今いるのが気持ちよくて、しかも毎日することがあるのなら、よう子の言ったとおり、わざわざ海だとかどこだとかへ行きたがる必要はないと思ったのだけれど、ぼくがそういう風に思ったのと同じ気持ちの流れからか、よう子の方から、海に行ってもいいと言ってきた。

戻ると八時半ちかくなっていたから、ぼくたちはかれこれ二時間かけて一回りしてきたことになる。島田も仕事から帰っていていてさすがの暑さでワイシャツを脱いでランニングシャツになっていた。

そうなるとあらためて島田のからだは瘦せて年寄りのように貧弱で、ワイシャツでも着てくれている方がまわりにいるものとしてまだ落ち着きがいいなどと思ってしまうが、それはどうでもいいとしてゴンタの紹介のようなことなんかをしていると、

「や、海、行くんだって」

と、いつもの早口で、舌が長すぎるか短かすぎるかのどちらかの独特のしゃべり方で話し出した。といってもそれまでぼくはよう子が行くと決めてから島田に話そうと思っていたのだし、よう子がそれを島田に言ったとも思えないからまあアキラがしゃべったのだろ

うが、島田はそんなことに関係なく、
「おれ、いいよ、いつでも。行けるよ。
どうせ、さ。そろそろ、やめようかとも思ってたから。会社。ボーナスももらったしね。
黙ってたら、夏休みだって取れないかもしれないから。ちょうどいいよ」
と、極端なことを言ってきて、ぼくもろくに考えずに「やめてどうすんの」というよう
な返事だけをしたのだけれど、そうすると島田は、
「うん、小説書こうと思ってる」
と、あたり前の顔をして言ってきた。
そのあたり、話のもっていきかたがよくて、それにつられたわけでもないだろうがぼく
は島田の言った前提にすんなりのっかって、小説だったら会社なんかやめなくても書ける
じゃないかというようなことを言ったのだけれど、
「や、だめなんだよ。おれ、さ。会社いくとつい一所懸命働いちゃうから。疲れちゃうん
だ。それに、そういうのって、便利に使われちゃうじゃない。もう二年も働いたからね。
このあいだ通帳見たら、けっこう金もたまってんだよ」
というのが島田の答えで、それならそれで別にかまわないと思っていたら、アキラが横
から、

「じゃあ、島田さんは働かなくても当分は、お金あるんだ」

と言って、ぼくの方に顔を向けて笑ったのをよう子は見逃がさずに、「アキラ君、調子いい」とすぐにアキラのアキラらしさを嗅ぎつけて、

「自分がお金なくて働いてないんだから、人が同じになったって、それでいいじゃない」

と、よう子らしいことを言って台所に夕食の仕度をしにいった。

アキラというのはすぐに人の金の心配をするようにできている。アキラは自分に金がないから自分の金の心配のしようがないといってしまえば面白いのだけれどももちろんそんなことではなくて、それではと、もう少し真面目に考えて、自分が面倒をみてもらうために相手の金の心配をしているという見方もありそうだがそれもやはり違うのだと思う。そういうことではなくて、誰かのところに転がり込んでばかりいないためには、自分にも金が必要なのだということを案外いつも考えているからそういう反応がついつい出てしまうのではないだろうか。

そんなことも考えながら少し黙ってしまいかけたが黙っていてもしょうがないし、今度も特に深く考えもしないうちに、

「なあ、小説書くから会社やめますって、言ってみたら」

というのが口から出てきた。そう言われても島田はそれがどういう意味なのかわからな

いような顔をしていたが、代わりにゴンタが、

「大人って、そういう風に駆け引きみたいなこと考えるから変だなあ」

と、妙に感心したような口調で言ってきたので、そう言われてみると確かに駆け引きとか取り引きみたいにもとられるかもしれないと今度はゴンタの考えの流れを考えているうちに、島田が、

「や、社長って、ヤクザなんだよ」

と言い出した。ぼくはそれに「あ、そうだったの？」というようなことを言いながら、つまり島田はヤクザ相手に駆け引きなんかできないという意味でそれを持ち出してきたのだろうかなどとまた島田の考えの方に考えを戻していると、

「や、話したこと、なかったっけ。いつも、会社きてるわけじゃないけどね。別に事務所持っててさ。そっちでゴルフ場の用地買収なんか、やってるんだよ」

と島田がつづけてきたので、ぼくもそれにかまわずおまえは有能っていうことになっているんだろうと念をおすような感じで訊いてみた。

「や、うん。最近特にそう思われてるみたいね」

「じゃ、なおさらいいじゃん。社長に話が伝われば、嘱託《しよくたく》社員みたいに、週三日だけ出ればよくて、あとはうちで小説書いててもいいなんて、言ってくれるかもしれないじゃ

ん」

「や、甘いよ。そんなこと、あるわけないよ」

と言って、島田はあきれて苦笑していたが、ぼくはそういうことに関して変に楽天的で思い込みも強いから、一度有能だと思われた社員は上から大事にされるようにしか考えがいかないようにできていて、もう一度島田にそんなことを話してみたのだけれど、いずれそれから先は島田本人でなければ進みようのない話だった。

その晩はゴンタも来たので食べるよりも飲むのが中心になって、はじめにスパゲッティ中心の夕食をビールを飲みながら食べて、それから一人一人勝手にジンになったりウィスキーになったりビールをつづけたりしていった。

それで、さあどこに行こうかという話になるとアキラは、

「え？　どこって？　だって海行くんでしょ」

と言ってるくらいでアキラには海ならどこでもよかった。

だからぼくが「湘南？」と言えば、「うん、そこがいい」で、「南紀白浜か？」と言えばそれにも「うん、そこ」という具合で、よくあることだが一番行きたがっている人間が一番相談相手にならない。まあ、沖縄や南紀白浜は遠くて論外としても、伊豆か湘南か三浦半島か千葉の勝浦か九十九里かそこら辺で、どこにしようかという問題になり、ぼくたち

はそこの場所をいちいちアキラに説明して、ついでに伊豆はこんな感じで砂浜が白くてどうのこうのだの、九十九里は外海に面しているから波が荒いだの生半可な知識を並べたりしていた。

そのうちに伊豆とか勝浦なら一泊で、神奈川のどこかなら日帰りもできるという話が出てきて、それじゃあまず一泊か日帰りかを決めようということになると、そういう話なら当然アキラは、

「一泊しよう」

と答えたのだけれど、そこでよう子が、

「日帰りできるところがいい」

と明確な言い方をしてきた。これにはみんな意外でアキラがすかさず、

「だって、一泊する方がおもしろいじゃん」

と言うと、よう子はアキラというよりもみんなに向かって、

「うん、一泊してもかまわないけど、日帰りできるところに行くのがいい」

と言う。そう聞けばみんなの考えられる理由は一緒で、猫のご飯ということになって、一番早く決めたがっているアキラが「猫？」と訊いてみたのだけれど、よう子の考えはそうではなくて、もう一度、

「アタシ、日帰りできるところがいいと思う」

と言って、どう言えばいいか考えているように間をとってから、

「もし、どこかに行って誰かいい人と知り合えたとするでしょ。そうしたら、またアタシ、いつでもその人に会いに行くことができると思うの。

もしそういう人が遠くの人だったら、簡単には会いに行けないでしょ」

と言ってきた。よう子の思っている人というのが、何か恋愛の対象のような人なんかではなくて、女でもおじいさんでもどういう人でもいいから、とにかくまた会いたくなるような人だというのは、みんなにすぐ通じていたが、そこで珍しく島田が、

「や、めったに行けないような遠くのところにさ、ステキな人がいるって、そういうのを知るのも、いいよ」

と、お兄さんのようなことをお兄さんのようなしゃべり方で言って、しかも「ステキ」などという島田らしくない言葉まで入っていたものだから、ゴンタまでが小さく吹き出してしまったのだけれど、どうもそれが島田の計算らしくて島田は平気な顔をしてよう子を見ていた。それでよう子もすぐに笑うのをやめて島田に、

「でも、やっぱり、またすぐに会えると思えないとつまらないと思うの」

と答えたのには、毎日猫に餌を配りつづけているのと同じものがあるように感じられて、

ぼくはそれをすごくいいと思ったからその通りに、

「いつも猫にご飯を配るのと同じだね」

というようなことを言ってみた。それによう子も肯定の笑いを返してきていると、また島田が、

「その人にエサあげるの？」

と言ってきて、なんかその晩の島田は調子がよかった。

それからは自然に鎌倉に行くことに決まって、ホテルに電話をしたらそれも運よく部屋がとれて、そこまでいけばあとはもう好き勝手なことを言い合っていたのだけれど、ぼくはアキラが海に行きたいと言うようになってからよう子がそれをどう考えていったのかを知りたくなった。

とにかく、よう子はめったに行くことのできないような場所を選ばないで、そのときよう子自身がしていたことと同じ考えから答えを出してきた。それを、旅行でなく日常に加算される要素にしようとしたなんて言い方は大げさすぎるのだろうかなんて思い、その晩よう子が言葉にしなかった考えやよう子自身でもうまく言葉にできないでいる考えがあればそれも聞いてみたいと思い、それからそういう考えをよう子はいつ形にしようとしているのか、猫にご飯を置いて回りながら形にしようとしているのだろうか、そんなことも知

りたいと思った。それで浮かんできたのがアキラの写真で、よう子が猫のご飯を配って回りながらいろいろなことを考えている様子が、アキラの写真に写されているのかもしれないと思い、そうなるとアキラがこれまで撮ってきたよう子の写真を見てみたくなった。

そんなことがあったので、ぼくはまたゆみ子にその話がしたくなって、次の日の昼すぎに恵比寿駅の脇にある電話ボックスからゆみ子に電話をかけてみた。ゆみ子は三回目のコールの途中で電話に出て、

「あら、久しぶり。

いまねえ、子どもにオッパイあげてるところなの」

と、ゆみ子もまたゆみ子のペースで、たまにしか電話をかけてこない相手に話すのにおよそふさわしくないことから口にしはじめるから笑ってしまって、そんなこと誰にでもしゃべっちゃうのかと訊くと、

「バカねえ、誰にでもしゃべるわけないでしょ」

といったん言ってから、

「でも、だいたいこんなことが言えるような相手としか仕事もしないようにしてるから、

誰にでもと同じかもしれないわね」

と、ここでもゆみ子らしい返事をしてきて、ところで「もう一つ質問があるんだけど」と、子どもというのはそんなにいつまでもオッパイを飲むものなのかと訊いてみると、

「ううん、もうとっくになんでも食べてるわよ。でも、あたしは五歳くらいまで母乳もあげることにしたの」

「スゴイね。それは」

と驚くと、ゆみ子は平然と「あれ、言ったことなかった?」と言ってから、

「母性的空間とかそういうのって、きっと、長くつづけて、それでしっかりさせた方がいいんじゃないかとあたしは思うの。そういうことが、楽観的な世界観を子どもの中に作り出すんだって――」

「誰かが言ったのか。そんなこと」

「ううん、あたしが考えたの」

いずれにしろゆみ子の子なら、悲観的で困るような子にも育ちそうにないなどとぼくも言ってみたが、ゆみ子は、

「こういうことは、楽観的になっちゃいけないのよ。幼年期は重要だから、徹底して育てていかないとね」

と言ってから「ねえ」と、子どもに話しかけているらしくて、それから、ゆうべの話をはじめることにした。ぼくはいきなり「よう子」と言ってもわからないかもしれないと思ったのだけれど、ゆみ子はちゃんと忘れていなくて「ああ、猫の子でしょ」と言って、ぼくのする話を面白がって聞いて、話が一段落したところで、

「今ってさあ、バッカな子たちがすごく多いみたいだけど、ちゃんとした子たちも、そういう風にいるのね」

と言うので、ぼくは「おれたちの時って」と言ってしまい、

「なんですぐそういう言い方になっちゃうんだろ。でも、本当におれたちの時だからしょうがないんだけど、でもなんか違うんだよ。逆なんだよ。『おれたちの時』ってことばっかり言いたがるヤツがイヤなんだっていうことが話したいんだ」

というようなことをごちゃごちゃ並べて、ゆみ子の失笑をたっぷり買ってからそのつづきを話し出した。

戦争が終わって十年かそこらで生まれて、東京オリンピックや大阪万博や札幌オリンピックがそれぞれ一つの時代の区切りのようにしてあって、大学に入ると学生運動の残りかすが意外に大きいのかやっぱり小さいのか計測しがたいものとしてあって、中上健次が芥川賞をとるまで「戦後生まれには文学はできない」などと言われ、つねに日本や世界の大

状況が出来事の中心にあるように言われていて、どうしてもそこから何かを考えることしかできなかった、というかそういう風な言い方しか学習できなかったのだけれど、ぼくたちから十歳も年下になると、全然違うことからいろんなことを考えていくことができるようになっている。などと、結局「おれたちの時」と言いたがる人間と同じ地点のようなところでしゃべっていると途中で気づきながらそれでも一通りしゃべると、ゆみ子から「あなたらしい言い方ねえ」とあっさり言われてしまった。

「もっとも、それを聞くのも久しぶりだけど。

あなたとあたしが、ずっと、気があったりあわなかったりしたのも、あたしがはじめっからそういう風に考えなかったからなんだもんね——」

と言って、一呼吸おいてから、

「——と、いうことが、今わかった。

もっともあたしも、何度もそういうこと、わかっては、忘れちゃってるんだと思うけど」

「おれだって、そういう大きなものから考えるのがおかしい、おかしい、そうじゃない、そうじゃない、とは言ってたつもりだけど。

でも、まあ、まわりにいなかったんだよ」

「だって、あたしはそうじゃない風に言ってたじゃない」

「でも、一人しか、そういうのいなかったんだよ」

「一人でじゅうぶんなのよ」

と言ってから、

「でも、まあ、あなたも大学の頃は全身でそう言ってたけど、今のは、カギカッコの中にはいってるぐらいには違ってきたかもね」

とゆみ子らしい説明的でない言い方で言われて少し安心していると、ゆみ子が、

「あなたが大学出たころ、サーフィン雑誌にブックレヴュー書いてたでしょ」

と話をつづけてきた。

「ブックレヴューって、そんなたいそうなもんじゃなかったけど。まあ、とにかくそういうもんだったけど」

そんなことはぼく自身も年に何回かしか思い出さなくて、「サーフィン雑誌」という言葉を聞いたところでいつも思い出すとは限らないような記憶になっていたのだけれど、ゆみ子はどういうわけでかそれを覚えていた。

「あのころ、あなたは『サーハーは本なんて読まねえんだよ』って言いながら、けっこう一所懸命、本さがしてたでしょ。サーファーの読みそうなのって言って」

村上春樹ぐらいは大丈夫だろうと思って書いても当時はまだベストセラー作家にもなっていなくて、「こんなに難しいの読めないってさ」と編集長から言われ、次に片岡義男のサーファーの出てくる小説のことを書いてみてもそれも「読まないってさ」と言われ、マンガや写真集を取りあげて「ビーチで広げる本」などと言ってみたり、オーストラリアのサーフィン・マガジンを紹介してみたり、とにかく、毎月毎月あの手この手を使って、原稿料の二万円をもらっていたなどということをゆみ子と思い出しながら話していると、

「でも、サーハーは読まなかったかもしれないけど、本を読む習慣のまったくない人たちに、押しつけじゃなくて、何かを読んでもらおうとする努力は、端から見てるとすごく面白かった」

「押しつけようがないもんな」

「だからいいのよ。ああいうことをつづけると、人は変わっていくのよ」

「『ああいうこと』って――」

と言って、少し考えて、

「ある意味で自分を明け渡していくっていうことか」

と言ってみると、ゆみ子からすぐに、

「ああいうことは『ああいうこと』なのよ。そういう言い方されてもわかんなくなっちゃ

うじゃない。だいたい、今あたしの言いたかったのは『ああいうこと』の方じゃなくて、『つづけていく』の方だったんだから」

と言われて、さっきゆみ子がよう子のことをほめたときにそのことも意味していたのだと気がついて、それで、

「ねえ、『つづける』っていうのは日常的なことかねえ」

と、またゆみ子に訊いてしまったのだけれど、ゆみ子は「バカねえ」と言外に匂わせるだけの時間をあけてから、

「そんなこと、自分で考えなさいよ。いろいろじゃない」

と言われてそれもそうだと思った。そうなるとそういう話はもうつづかなくて、

「あついッ」

と、ぼくは大声をたててみた。髪の毛の先から汗が首すじに落ちて、胸と背中を流れていた。

「今、外なの？」

「そうだよ。

でも、あついって言いたくなったのは、中身じゃなくて、発語した語気を自分で聞いてみたくなったからだよ」

「バカ。

そんなの、はじめっから語気は元気だったわよ」

「やっぱりそうだったか。

だいたい、夏は元気いいけど。ゆうべから特別いいね」

というような話がもう少しつづいてから、石上さんのことを思い出して、

「石上さん、来週イギリス行くんだって」

と言うと、

「え? あたしも来週行くよ。じゃあ、あっちで会えるかなあ」

とゆみ子は言い、ぼくは、

「日本人も国際化したもんだ」

と言いながら、これは言わない方がずっとましな「どうでもいいこと」だと思ったのだが、すぐにゆみ子が、

「そんなんじゃなくて、円が高くなっただけよ」

と言ってくれたので、それでぼくの言ってしまった「言わない方がいい『どうでもいいこと』」も取り消されて助かったような気がした。ゆみ子はそれにつづけて、

「だいたい、よその国に行ってわざわざ自分の国の人に会おうなんて思うのは、国際化な

んかじゃないわよね。

チェルノブイリの放射能もカンケーナイ、ＩＲＡの爆弾テロもカンケーナイって、あたしたち、ゼーンブ関係ない顔して行くんだもんね」

と言って笑うから、ぼくが、石上さんみたいなことを言う、今の笑いはどういう意味なんだろうと思ってうまく相槌を打てないでいると、ゆみ子が、

「よう子ちゃんなら、こんなの聞いてどう思うのかしら」

と言って、そんなところで電話が終わった。

ぼくは旅行したいと思うことがめったにないのだけれど、よう子のように考えていけば、旅行をしてもいいという気持ちになるかもしれないと思った。もっとも、よう子にも遠くまで行くことの意味はまだわかっていないらしいが、そういうことはまた別な風にしてわかっていくのだろうかとも思ってみた。

その晩は前の晩につづいてアキラもよう子もゴンタもよく酒を飲んだから、三人とも十二時ごろに眠ってしまったのだけれど、島田は珍しく帰りが遅くて二時すぎにタクシーで部屋の前に乗りつけてきた。

島田は息こそ酒臭かったけれど顔色も顔つきも素面《しらふ》そのもので、入ってくるなり背広も脱がずネクタイも緩《ゆる》めずにゆうべのつづきの話をはじめた。

「や、社長に話したらさ、今日。『そうか』って、ちょっと考えてから、『一緒に飲みにこい』って、クラブに連れていかれた」

と、せっかくそんなところに行ったのにクラブにどんな女がいたというような話にならないのが島田で、

「そしたら、『じゃあ、おまえ、おれの伝記を書け』だって」

と唐突なことを言って、ぼくをまじまじと見てくるから、

「伝記？　そのヤクザの社長の？

へえ、ホントにそういう話って、世の中に転がってるんだなあ」

と、感心しつつも同時に笑いも出てくる調子で答えたものだから、島田は、

「信じた？」

と拍子ぬけした顔をして、背広を脱いだ。

「え？　信じるよ」

「や、そうかなあ……」

と、島田はぼくが「あれ？」と思い、本当のところどっちなんだろうと考える時間だけ黙ってみせた。別に島田はアキラと違うから芝居っ気でそうしたわけではなくて、その時間はそんな話をすぐに信じるような人間がいることを島田自身で納得するための時間だったのだと思う。

「や、おれ、信じなかったよ。最初。

それで、しょうがないから、水割り飲んでたんだよ。

や、おれより若いんだろうけど、すごい大人っぽくてさあ、ホステスが。水割りつくってくれるじゃない。緊張するよね。

そしたら、社長がまた、『どうだ、書いてみろよ』って、言うんだよ」

「だから、本当なんだろ？」

「や、うん、そうなんだけど……

や、そんな話、すぐに本気にできる？」

と、島田はなんとも説明のつかない顔をしてぼくを見つめながら、ネクタイをずるずるとだらしなく衿《えり》から引きずり出しているから、ぼくが、

「なんだよ。おまえんとこのヤクザの社長って、嘘つくのが趣味なのか？

そういう癖、あるの？」

と言うと、島田は「タッ」と笑って、

「や、そんな癖なんかないよォ」

「じゃ、本当なんじゃん」

「そうなんだよ。やっぱり本当だったんだよ」

と、今度は島田も少しは腑《ふ》におちたような顔になって「や、でも、変なオヤジなんだよ」と、聞いているこっちがちょっと誰のことを言っているのかわからないような形容をはじめた。

「『変なオヤジ』って、そのヤクザの社長がか？」

「や、そう」

「ヤクザにそういう言い方って、あるか？」

「だって、ホントにそうなんだよ」

と、そればっかりでは全然わからないから、たとえて言うとどんな感じなんだという話になっていって、「リトルリーグの監督みたいなのか？」「や、それじゃあ、八百屋のオヤジだよ」「じゃあ、ゴリラの飼育係みたいなのか？」というようなやりとりをいくつかしていくうちに、島田は「とにかく全然違うんだ」と言って黙り込んで、それから、

「あ、ゴダール」

と言い出した。

「や、そう、ゴダールなんだよ。ゴダールがさ、もう少し肉づきがよくなった感じ。外もそうだけど、中もそう。や、よく知らないけど、そうだよ」

「ゴダールみたいって、インテリっぽいの？

インテリっぽくて、うさんくさいって意味？」

「や、そう。うさんくさいっていうか、嘘っぽいんだよ。やっぱり」

「嘘っぽい」と言われて今度はぼくの方がさっきの伝記の話を疑いかけたのだけれど、島田の言う「嘘っぽい」というのは、社長の人間性そのものにリアリティがないとか通常の範疇《はんちゅう》からどこか外れているとかそういう意味なのだと思い直して、

「たとえば？」

と訊いてみると、島田は「や」と言って少し考えてから、社長の口調を真似ているのか、いつもと違ってなめらかに話しはじめた。

「『人間は身に見合ったこと以外しちゃいけない。そうしないとすぐにからだに出てくる。痩せすぎたり、太りすぎたり、やたら人相が悪くなったり。俺を見ろ。自分に見合ったことしかしてこなかったから、こんな均整がとれて柔和な顔をしている』って。や、たまに会社きてさ。おれたちが真面目な顔して仕事してるじゃない。そうすると、

こんなことばっかり、しゃべってんだよ。

ね、変でしょ。

説教じゃないの。

だから嘘っぽいことばっかり。や、存在が嘘っぽいんだよ、だから」

と、それからしばらく社長の話がつづいて、それが面白いものだから本題を忘れかけているうと、急に島田が真顔に戻って、

「や、でも、いいのかなあ」

とため息でも一緒に吐きたいような調子で言ってきた。ぼくは社長の話をもっと聞いていたいと思っていたから、「まあ、なあ」という決まり文句をいったん口にして、それで島田にどう答えるか考えようとしてみたのだけれど、すでにだいぶ面倒くさくなっていて考えも出てこないから、

「で、金は？」

とまた少し話題を変えてしまった。島田のことだから金の話なんかしていないだろうと思ったのがなかば正解で、

「金……？　金ねえ……」

と島田はそれまでよりもさらに覚つかない顔になって、

「や、聞いた。言われたよ、確か。何しろ、ヤクザなんだから、金の話はすぐ出るんだよ」

と言って、そこでまた真剣な目つきで思い出そうとしてしばらく首をかしげたり天井を眺めたりしてから、

「一千万……。

や、二千万……。

や、百万だったっけ。

や、そんな少ないはずないよ。やっぱり、一千万だったよ。確か。

『エェッ』て、驚いたんだから」

と言いながら島田は自分に向かって肯いていたのだけれど、またそこではっきりしない表情に戻って、

「や、なんかさ、条件が多いの。うまく書けなかったらいくら、とかね。うまくいって普通の本屋で売れるような本になったらいくら、とかね。いろいろ言うんだよ。でもね、や、どうせね、引き受けるかどうか、わかんないじゃない。だからちゃんと聞いてなかったんだよ」

と、本当に島田らしい答えをしてきた。

それにしてもいくら「変なオヤジ」だの「ゴダールみたいに嘘っぽい」だのいろいろ言ってみても、相手は壊れかけのアパートの大家ではなくてヤクザだ。ヤクザが面と向かってしゃべっているのに、それをちゃんと聞かないで帰ってくるのだから島田の頭のずれ方も相当なもので、見方によっては度胸がいいということになるのかもしれない。社長が島田にそんなことをさせようと考えたのも、そういう妙なところを見どころのあるやつだと誤解したからなのではないだろうか。

それからまたしばらくヤクザの社長の話になって、伝記を書く方はうやむやになっていったのだけれど、とにかくひとつだけ確かになったのは島田がもう今までのように働かなくてもよくなったということで、さっそく次の日も休みだと言う。

「じゃあ、もう少し飲もうか」

と言っていたら、アキラとゴンタが起きてきてそのままジンを飲みはじめ、そうなるとどうしたってよう子も目が覚めて、結局みんなで四時ちかくまで飲んでしまった。

海には週がかわった火曜日の朝五時に、ゴンタの運転するレンタカーで出掛けることになった。

## 5

アキラは運転もできないくせに助手席に陣取って、毎朝歌いつづけていたような歌を歌ったり、アイドル歌手ありレゲエありパンクありのひたすらアキラの趣味だけでまとまったテープをかけたりしてけっこう騒々しかったが、その程度の騒々しさはいつものことでみんな馴れてしまっていたから後ろに坐った三人はほとんど眠っていて、途中からはただただゴンタに騒がしさが向けられていたらしかった。もっともそのゴンタもアキラの騒々しさには馴れていて、予定どおり七時少し前に海に着いた。

朝の七時には七時なりのものがあって、少しも暑くなくてこれで昨日と同じような暑さになるのかと心配になるくらいに涼しかった。しかしそれは早く起きることがないぼくだけが知らない夏の朝の涼しさというもので、どうでもいいようなことだが、そんなことより、一見したところ海岸には人がいなくて、そのかわりカラスがやたらにいて砂浜でゴミをあさったり波打ち際で何かをつついたり、群れといえるのか何十羽のカラスが無秩序に飛んでいたりするのが目について、その光景の意外さに感心してそれに一通り馴れたところで、海にサーファーがたくさんいるのが目に入ってきた。波を待って浮いていて一つ波がくるとそのうちの何人かがそれに乗っかってきて、それと同時に波を一つ終わったサーファーがパドリングして沖に戻っていくなどというのを見ながら砂浜をなんとなく右の方に歩いていった。

ぼくたち五人組は波打ち際から二、三十メートル、海の家からもだいたい二、三十メートルぐらいの浜のほぼ真ん中のところで五人がゆっくり坐れる広さのレジャーシートを広げて荷物を置いて、それぞれに立ったまま海を眺めたり坐りこんで空のカラスを見上げたりしていたが、どうも落ち着きが悪くて、アキラが珍しく黙っているしゴンタもビデオを一応構えてはいたがいつもの感じで撮れないみたいにしていたし、島田も力の抜けた雰囲気になれないでいるので、なんとなくぼくから水着に着替えることにしてみた。

着替えるといっても海の家がまだ開いていなくて、それでも男の方はもともとそんなものはどうでもよくて浜に誰もいないのをいいことにバスタオルを腰に巻いただけで簡単に

着替えてしまったのだけれど、次によう子はどうしたらいいんだろうと思っていると、バッグを肩に掛けて、

「アタシ、あそこで着替えてくる」

と言って平気な顔をして海の家の並びにあった公衆便所に入っていった。しばらくして上にTシャツを着た格好でこちらに戻ってくるよう子をぼんやり見ていたが、近くまできて姿がはっきりわかるようになると、よう子のスタイルのよさにみんなであらためて驚いて、ぼくが、

「どこに出しても恥ずかしくない」

なんて言っていたら、横でまたアキラが「イヤア……」なんて照れて見せたりしていたが、まあそれはどうでもよくて、海水パンツに着替えてみても居心地の悪さはひどくなるだけだった。それでしばらくのあいだ次にどうしようかなどと考えながらお互いを見合ったり何かを話しかけてはやめたり、そんなことをしていたら、島田の痩せたからだをしげしげと見つめていたアキラが一つ下品な笑いを咽《のど》で鳴らして、

「島田さん、ジイさんみたいだねえ」

と言い出した。それで言われた島田がそれじゃあとTシャツを着て上半身を隠してみると、島田だけではなくて五人の全体が少しましになったようで、ぼくたちはそこでああそ

うかと納得してそれぞれTシャツを着てみることにした。

一人だけ先にTシャツを着ていたよう子が、

「みんな、はじめて海っていうところに来たみたい」

と笑っていたが、早過ぎる時間の居心地の悪さからくる気持ちのふらつきと、アキラを中心にした海に来た昂揚感のようなものが一緒になっていて、そういうときにはどんなことでもそれはそれで面白くも感じられていた。

それにしても早い時間の海岸というのは様子が全然違っている。時間が経つにつれて陽の感じも風の感じも変わっていき、いろいろとまわりを見回していると、ゴザを敷いてそれに並んで正座して海だか太陽だかに向かって合掌している老人グループまであらわれたのには驚いたけれど、そうしているうちに海の家から人がぽつぽつと起き出してきて、その人たちが葦簾《よしず》をたたむ動きでようやく海辺の一日がはじまる感じがしてきて、それからあちこちに犬の散歩にきている人たちが見えるようになった。

そのなかに一人、話し声というか一人でしゃべっている声がかなり離れたところから聞こえてきている男がいて、その変な様子が目立つから近づくのを待ってずっと見ていたら、彼は連れている日本犬に向かって、

「今日はサーフィンしている人が少ないねえ。風がなくて、波があんまりたっていないか

らだよ。

波の音も今日はいつもより小さいよね。ジョンにも聞こえるよね」

「ほら、カラスがあそこのゴミ箱に三羽いる。カラスはゴミの中から食べるもの、探しているんだよ」

「他の犬のウンチだ。踏んじゃうと汚いから、ちゃんといっぱい砂かけておこうね」

「海藻がこんなに沢山あるね。これ、海藻っていうんだよ。ゆうべは波がけっこう荒かったのかな」

などと、犬というよりも人間の子どもに話すようにほとんど休みなく話しつづけながら、ぼくたちの前を通り過ぎていった。そうしてぼくたちからずいぶん離れて、向こうの声が聞こえなくなったときによう子がぼくの方を見て、「どういう人だろう」という顔をしたから、ぼくも、

「なんだろうね」

と言った。ゴンタを見るとゴンタはとっくにビデオを回していて、

「さっきからずっとそうだけど、みんなが馴れないところに来てて、いろいろまわりを見回したり、いつもより頻繁《ひんぱん》に顔を見合わせたりしてるのって、いいですね」

と、たった今ぼくたちの前を通っていった男と関係ないことを言った。わざとなのか自

然とそうなのか、ゴンタの関心というのはいつも、みんながそろって何かに注目している対象にはなくて、そうなっている状態そのものに向かってしまうので、何か一つの変わったものを拾い出すという風になることがまずない。だからしゃべりつづけていた彼がぼくたちの前を通っていったときも彼を撮るというよりも、それを見ていたぼくとよう子を撮っていたらしかった。

そんなことをしているうちにみんなそれぞれに自分のテンポのようなものを取り戻していて、一番端にいた島田はすでにごろんと寝転がって眠りにかかっていた。島田がすぐに眠り出すのはいつものことで、だからそれが本当にいつものテンポになったことの象徴のようになっていたのだけれど、一人アキラだけが様子が違っていて途中の車の中のようにはしゃぎまくらなくて、ただぼんやりと海を見ていた。

そういえばアキラは車から降りたときにはもうすでに静かになっていたような気がするし、よう子が着替えてきたときに「イヤア」と言ってみせた言い方もいつものようなからだごと押しつけてくるような言い方ではなかったようにも思えてきた。アキラの目の焦点は、波に乗ってくるサーファーを追ったり、それより沖を横に動いていくウインド・サーフィンを追ったり、沖からこちらに飛んでくる海鳥を追ったりしていて、その合い間にたまにぼくたちの方を見たかと思うと、また波打ち際を眺めることに戻っていく。よう子も

変に思って、

「アキラ、君」

と、「君」のところに力を入れて呼びかけてみると、アキラは、

「うん？」

と、いつもの新劇の芝居のような笑いではない、とても素直な笑顔でよう子の方に振り返った。それからよう子は、

「何してるの？」

と、訊いたというよりも話しかけた。

ビデオを撮っているゴンタをぬかせば誰も何かしているわけではないし、ゴンタがビデオを撮るのも言ってみれば何かをしているうちには入らないのだから、つまり、全員が何もしていないということなのだけれど、やはりよう子にしても、アキラが静かなのは調子が狂うのだと思った。よう子のその語りかけにもアキラは、

「うん？

なんでもないよ」

と、幸せそうな顔で答えて、また、海の方に視線を戻した。

しばらくそうしていてぼくも眠くなってきた頃、よう子が、

「アタシ、ハンバーガーかなんか、買ってくる」

と言って立ち上がったので、ぼくがビールもついでに買ってきてくれるように頼んで財布を渡していると、

「あ、オレも一緒に行く」

と、一つタイミングが遅れてアキラが立ち上がり、それにつられるようにしてゴンタも、

「じゃあ、ぼくも行く」

と言ってビデオを持って立ち上がって、三人がよう子を先頭にして歩きはじめたところで、アキラが、

「ねえ、ゆっくり歩いてきてもいいでしょ」

と、妙に健気《けなげ》な口調で言いそえてきた。

それからすぐにぼくも眠ってしまい、三人が戻ってきて横に立って、ハンバーガーと缶ビールを頭の十センチ脇に置くまで気がつかなかった。目を開けてみると、高く上がった太陽が完全に真夏の陽差しになっていて、肘《ひじ》をついて上体だけ起こしてまわりを見てみるとひとわたり浜が埋まるくらいの人が出ていて、やっと海らしくなったと思った。

アキラはぼくを見て、

「二人とも今までずうっと寝てたの？」

と訊いてきたが、それもいつものアキラの貼りついてくるような言い方とだいぶ違って自然な調子で、ぼくの方もそのまま「うん」と自然に答えた。ぼくにそう言われると、アキラは、

「『うん』、って」

と、そこで一度笑ってから、

「そんなことしてたら、もったないじゃん」

と言いながらぼくにビールを差し出した。

「あ、ありがと」

とぼくも言ってビールの缶の蓋をあけながら、

「ビール飲んで。

ハンバーガー食って。

カンカン、陽に照らされて。

そんで寝て。

そんで起きたら、またビール飲んで、って。

それが海に来たってもんだよ」

と、いい加減なことをしゃべるとアキラは、

「そうかなあ」

と真面目な顔で言いながら、ハンバーガーの包みを剝いてすぐにその半分をガブリとかじって、口をもぐもぐやりながら海の方を見ていた。

そうしているとよう子が、

「アキラ君て、はじめて海に来たんだって」

と、ぽつりと、半分は独り言のようで残りの半分だけぼくに言うように言ったのだけれど、そう言われるとアキラが振り向いて、

「違うよ。

全然はじめてなんじゃないよ」

と、これもいつもと違って素直な調子で言ってきて、またすぐに海の方に顔を向けてしまったから、その拍子に、

「だからすごく幸せなんだって」

とよう子が言ったのは聞こえなかったようだった。よう子にそう言われてぼくもアキラの様子が違うわけがわかって、それで海に来てからのアキラの態度や様子のこともあらた

めて思い返してみた。そうなると何か、そうやって一人で海を見ているアキラの背中も「幸せ」と言っているように見えてきて、それを眺めているこっちもアキラを眺めているのが一番いいような気になったりもした。

とにかく、海にいる時間は何もしていなくても退屈しないでゆっくりと流れていった。ぼくは本当にビールを飲んでまた眠り、島田はそれ以上に眠り、ゴンタはぼくたちのことやまわりの様子をビデオに撮っていて、アキラはじいっと海を見つめたりよう子を誘ってまたどこかに歩いていったりで、不思議な充実感を発散させていて、よう子はそんな四人のどこにも属さずに漂っている風だった。

昼すぎに目が覚めたときには、横でゴンタがビデオを構えているだけで、他には誰もいなくて、

「あれ。みんなどうしたの」

と訊くと、

「アキラとよう子ちゃんはどっかに歩いていって、島田さんは泳いでくるって、言ってました」

と言うから、

「ふうん。島田も泳ぐのか」

と、間の抜けた返事だけれど本当に心から思っていたからそういう言葉になってしまって、それからゴンタに、

「それ、ずっと撮ってんの」

と、これもまた意味のないことをしゃべった。

「ええ、今まではけっこうなんとなくずうっと撮ってたけど、そろそろ飽きてきたかなって」

と言いながらまだやめずに回しているから、

「みんないなくなっちゃったら撮れないなんて——」

と言ってみて、ぼくはゴンタはもともとがそうじゃないなと思い直して、

「そんなこと、ないか」

と、ゴンタの顔を見た。

「ええ、まあ。

だいたいいつも一人でどこかに行って撮ってることの方が多いし、それに今日みたいなのでも、みんなのことも写してもいるけど、それも一部分だし」

とゴンタもまたゴンタらしいことを話してきた。

「でも、はじめの頃みたいに、みんなが、なんか、居心地悪いっていうか、居場所がうま

く見つかんないっていうか、そういう感じっていうのはいろいろに撮れるだろうな、とか思うけど。あ、それはさっき言ったっけ、あの一人でしゃべってる人が通ったとき。でも、だんだんみんなが自分のペースでやり出すと、だんだん、やっぱり、撮ることもなくなってきちゃいますよね。本当はあるんだろうけど」

「なるほどね」

と、ぼくは口だけが勝手に動いていた。

「なんてね」

と、ゴンタは苦笑いみたいな小さな笑いをして、

「とか、思うけど」

と言いながらまだビデオを回していて、

「でも、やっぱりそういうことって――、『そういうこと』って、うまく言えないけど、今思ってることの全体なんだけど、そういうことって、ビデオからわかることなんてないんだろうなあって」

と言い、そこで話すのをやめてビデオでまわりを眺めるようにしているから、ゴンタの話をちゃんと受けているのかどうかわからないけれど、

「でも、ゴンタって、何？　何か事件とか派手な話とか、そういうの撮りたいとかは、思

わないわけ?」

と訊いてみると、ゴンタは、

「あの——。ぼくは物語っていうのが覚えられないんですよ。粗筋《あらすじ》とか——」

と話しはじめた。

「映画見たり、小説読んだりしてても、違うことばっかり考えてるんです。それでも、高校の頃からずっと小説書きたいって思ってて、今は映画撮りたいって、思ってて。

でも、筋って、興味ないし。日本の映画とかつまんない芝居みたいに、実際に殺人とかあるでしょ、それでそういうのから取材して何か作ってって。そういう風にしようなんて、全然思わないし。バカだとか思うだけだから。

何か、事件があって、そこから考えるのって、変でしょう? だって、殺人なんて普通、起こらないし。そんなこと言うくらいだったら、交通事故にでもあう方が自然だし。

日本のバカな映画監督なんか、人間はそういう事件と背中合わせに生きてる、みたいなこと言うでしょ。でも、そういう人たちの映画みてても、どこが背中合わせなんだろうって。それに、もともと普通の人じゃないしね。出てくるのが。

そんなんじゃなくて、本当に自分がいるところをそのまま撮ってね。

そうして、全然ね、映画とか小説とかでわかりやすくっていうか、だからドラマチックにしちゃってるような話と、全然違う話の中で生きてるっていうか、生きてるっていうのも大げさだから、『いる』っていうのがわかってくれればいいって」

ぼくはゴンタの話が気持ちよくて、同感を伝えるためにたまに「ふんふん」と相槌を打ちながら聞いていて、ゴンタは、

「でも、自分の撮ったのをあとで見直しても、それで自分がどういう世界にいるんだろう、なんて、全然わかってこないし。撮ってたときの自分の気持ちとか考えてたことだって、わからなくなっちゃってるんだから」

と言いながらまだビデオを回しつづけていて、いま回しているのは何かを写すことよりも、自分がしゃべるのを録音しようというのが中心なんだろうと、ぼくは勝手に考えはじめていたのだけれど、ゴンタのことだから、そういうまとまったことをしゃべるときにどういうものを自分が写していくのかを知ろうとしたとか、そういう複雑な目的があったのかもしれない。

「アキラなんかには、ちょっと見せたこともあるし、なんか面白いって言われたこともあるけど」

と言ってから、言葉をはっきりさせて、

「あいつがいいのはね、『映画はこうじゃなきゃいけない』って、全然思ってないの」

と、珍しく断定するように言った。

「アキラって、そういう、規範みたいなの、関係ないでしょ。『規範』なんて言葉、知らないよね」

と言って気持ちよさそうに笑ってからまた少し間をあけて、それまでのしゃべり方に戻った。

「はじめは小説書きたいって、さっきも言ったけど、そう思ってたんです。でも、小説って、何かないと書けなくて。ただ時間が経っていくって、書けなくて。

ビデオっていうか、映像だったら、黙って回していれば、それだけの時間が経っていって。そういうことって、やっぱり、おんなじ映像でも、フィルムはダメでビデオにしかできないし」

と、そこでゴンタは話をぷつんと切って、ぼくの方にからだを傾けて声を低くして、

「そこのやつらの話」

と含み笑いをしながら言ってきたから、ぼくも「うん、知ってる」と答えたのは、さっきから断片的に聞こえていた蚊帳《かや》の話で、

「うん、張るときなんて、上に跳びのったりして、怒られたりさあ」「そう、そう。朝な

んていつまでも寝てると母親が『いつまで寝てるの！』っつっちゃって、バサッて蚊帳落とされたりしてさあ」「電気消しちゃって、中と外でどこにいるかって、当てっこしたりィ」

などと言い合っていて、ゴンタはそれを、

「ああいうのって、ほとんど作り話でしょ。話を作れるだけ、あいつら、ましだけど」

と言うからぼくも相槌がわりに小さく笑っていると、島田が海から出てこっちに歩いてきているのが見えた。別に島田に聞かれて困る話だからというのではなく、こういうときのなりゆきで、ぼくもゴンタもそこで話を切って島田が来るのを待っていると、島田はぼくたちの前で立ちどまって、肩で息をしながら無邪気に笑って、

「や、海って、けっこう泳ぎにくいね。久しぶりで、忘れてたよ」

とだけ言って、濡れたままで砂の上にごろんと寝転んだ。それをゴンタはビデオを止めて見ていて、いま寝転んだ島田に、

「島田さんがそういう風にするの、ポリシーかなんかなんですか」

と訊いてみたのだけれど、島田の方は、

「え？　何が？」

と言うだけでからだにつく砂にはまったく無頓着で、島田に目の前でそうされてみると、

ポリシーなんかで動いているのではなくて島田はどこにいてもただ同じことをしているだけなのだということが実感としてわかってきた。

それからまたすぐに島田は背中を砂だらけにして起き上がって、

「おれ、ビール買ってくるよ」

と言ったのだけれど、ゴンタから、

「アキラがだいぶ前にどこか行って、ついでにまたビールとか焼きそばとか買ってくるって、言ってましたよ」

と言われると、それならという顔をしてもう一度背中を下にして寝転んだ。そのときにはもう腕の外も内側も砂だらけで、胸や腹にもかなり砂がついていたが、島田はまったく意に介していなくて、またそのまま眠りはじめそうだった。そうしてあまり時間が経たないうちにアキラとよう子が戻って、みんなでビールを飲みはじめたときによう子からも、

「あら、島田さん、泳いできたの？　砂だらけになってる」

と言われたが、島田は自分の腕と腹にちらっと目をやっただけだった。

それからまたしばらくぼんやりしているうちに、陽が傾いてきたのがだいぶわかるよう

になって、こういうところの一日は遅過ぎず早過ぎず経っていくなんて考えていると、よう子がゴムボートを借りてみんなで沖まで出ようと言い出し、それで海に来てはじめてみんながそろって立ち上がることになった。

五人が乗れる大型のゴムボートを借りて、それにはオールも二本ついていたのだけれど、オールで漕ぐよりも誰かが海に入ってバタ足で押したり前に回って曳《ひ》いたりする方が速いから、五人が適当に乗ったり泳いだり前にいったり後ろにいったりしながら沖に向かっていくと、すぐに浜が遠くなっていた。自分たちのいた場所はポツンポツンとある三階建てか四階建てのビルを目印にしてだいたいの位置を考えるぐらいしかできないようになり、まわりにはウインド・サーフィンとヨットしかいなくなった。

ぼくたちはただ海が小さくうねるのにまかせて浮かんでいるだけで、まわりを通っていくヨットや鳥を見たり、湾を囲んでいる三浦半島の山や稲村ガ崎の崖を眺めたりしていた。

「ねえ、海にいると暑くないんだねえ」

「あ、そうね」

「水の上はやっぱり涼しいのかなあ」

「でも涼しくはないよ」

「暑いのがいい感じに感じられるんじゃないか」

「あ、でも風が吹いてくるとやっぱり涼しい」

「気持ちいいって言うんじゃない？」

「涼しいから気持ちいいんだろ」

「ちがうよ。気持ちいいのは気持ちいいんだよ」

「や、そうかなあ」

「気持ちいいねえ」

「いいねえ、海は」

「おれたち、どの辺にいたんだっけ」

「あのビルの辺だろ」

「ビルって？」

「屋根の緑のやつ」

「あれ、ビルっていうの？」

「そりゃ、そうだよ。他になんて言うんだよ」

「もうちょっと右じゃない？」

「や、ビルよりずっとさ、川の方だったんじゃなかったっけ」

「川って？　右の？」

「大きい方」

「そんなに左に来ちゃったの？」

「潮の流れでこっちの方に来ちゃうのよ」

「わあ、よう子ちゃんくわしいね」

「誰だってわかるでしょ」

「や、言われなきゃ、わかんない」

「『シオの流れ』って、海流のこと？」

「海流っていうと、なんかすごいね。漂流してるみたいじゃん」

「でも、海流のことでしょ。あたし、そう思ってた」

「海流だろうなあ」

「風じゃないんだ？」

「何が？」

「流されたわけが」

「風じゃあ、こんなに流れないよ。ヨットじゃあるまいし」

「ヨットは高いだろうね。やっぱり」

「高いよ。ヨットだもん」

「でも、安いのは三、四十万だろ」

「でも、ヨットは万引きできないからねえ。海パンとは違うよねえ」

「いいねえ。海は」

「ヨットは何？　どっかに置いてんの」

「ヨットハーバー？」

「ちっちゃいのなんて、車の上にみんな積んでんじゃない」

「そうか。車で運んじゃうのか」

「難しいのかなあ」

「こういう澪みたいなところで乗る分には簡単なんじゃない？」

「じゃなきゃ、こんなにたくさん乗ってないよねえ」

「や、そうだよね。道路みたいに、狭くないしね」

「でも、さっきさあ、間違ってみんなのいるところに来ちゃったのがいたじゃない」

「よく見てるなあ」

「あそこの塔から放送してたよ。早く出て行けって」

「あせるよね。そうなると」

「でも、人、ひき殺したりしないし」

「いいねえ、海は」

「こうやって揺れてるのがいいよね」

「水が玉になってる」

「きれいだね」

「魚はいないの？」

「こんなところはいないだろ」

「岩場だと何かいるよね」

「岩場あんの？」

「ここはない」

「なんだ。ない話はいいよ」

「すごいじゃん」

「や、アキラみたいじゃないね」

「やっぱり海だよね」

「海はタダだしね」

「え、お金払うところなんてあんの」

「そういう話じゃないよ」

「あ、よかった」

「あったって、タダのところ行きゃあいいんだから」

「海がタダでよかったね」

「でも、あんまりきれいな海に来なくてよかったね」

「きれいだと、アキラ君、気絶しちゃうもん」

「気絶できたらすごいな」

「気絶なんかしないよ」

「あれ、クラゲ？」

「ビニールじゃない？」

「だいぶ深いのかねえ」

「そりゃあねえ」

「どうやって測るんだ？」

「深さ？」

「測ったって、しょうがないじゃん」

「でも、二百メートルもあったら怖くなるでしょ？」

「浮かんでりゃあ、一緒だよ」

「プレッシャーがさ」

「十メートルあれば、溺《おぼ》れるのは一緒だよ」

「五メートルでじゅうぶんだろ？」

「五メートルだと助かる気がする」

「助かんないよ」

「でも、本当は何メートルかねえ」

「いいねえ、海って」

「本当は青いのかなあ」

「何が？」

「え？　海の水」

「これ、砂の色みたいだよね」

「浮いてるでしょ。こまかーいのが」

「どれ？　ほこりみたいだよ」

「あ、本当、砂だ」

「もっと沖に行くと青くなるかねえ」

「この辺って、モスグリーンみたいな色に見えるでしょ」

「モスグリーンって？」

「ねずみ色っぽいやつ」

「ヤだなあ」

「もう少し、でも、きれいじゃない？」

「でも、こんなもんだよね」

「空だって、空気が青いわけじゃないしね」

「あ、何か跳ねた」

「や、ホントだ」

「魚だよね、あれ」

「いるんだねえ、やっぱり」

「ほら、いるじゃん」

「でも、小さいやつだろ？」

「あっちに漁船があったもんね」

「さっき、行ってきたの」

「漁師もいたよ」

「へえ」

「そうだよ。あっちじゃ釣してんだもん」

「いるんだねえ、やっぱり」

「この陽が当ってるのがわかる感じがいいね」

「皮に？」

「肌だよ。皮なんて言うなよ」

「あ、もう乾いちゃった」

「なんか、ツルツルした感じだね」

「島田さんなんか、ピンクになってる」

「皮がァ？」

「白いのねえ」

「皮がァ？」

「しょうがないよ」

「ゴンタが黒いんだよ」

「皮がァ？」

「バカ」

「よう子も白くないよ」

「いつも歩いてて焼けちゃった」

「ねえ、よう子ちゃん、ナンパされなかったねえ」

「男が四人も一緒だからな」

「でも、一人でも歩いたよねえ」

「や、ナンパって、そんなすぐ来る？」

「アタシ、でもナンパされたことない」

「そうかァ？」

「だって、アキラがしたんじゃないの？」

「あれ、ナンパ？」

「そうだろ」

「でも、全然違ってたね」

「そう？」

「ナンパみたいじゃなかった」

「そう？」

「普通に話しかけてきたの」

「普通って？」

「ねえ、そろそろ戻らない？」

「クラゲって、やっぱりいるの？」

「いるだろ」

「土用波が立つと出てくるの」

「ハハ」

「ナァニ？」

「や、そういう言い方って、こまっしゃくれたガキが、するじゃない。

『ドョウナミが立つと出てくるの』」

「そんなだった？」

「最近、電気クラゲって、聞かないね」

「映画にもあったじゃん」

「『電気クラゲ』っていうのが？」

「あったんだよ。そういうエロ映画が」

「なんでもタイトルに使っちゃうのね」

「見た？」

「まだおれも中学一年くらいだったんじゃないの？」

「エヘヘヘヘ」

「なんだよ」

「昔だねえ」

「あっ、倒れた」

「や、ヨットが倒れるとこ、はじめて見た」

「みんなでじいっと見ちゃおうよ」

「悪いわよ」

「じいー」

「関係ないって」

「でも、けっこうあせってんだよ」

「アハ、そう言って、ワザと大きい声出すの」

「聞こえないよ」

「聞こえてるよ」

「いいじゃん」

「あれでナンパすんのかなあ」

「どこで？」

「女の子が泳いでるとこ行って、『ねえ、カノジョオ』って」

「しないよ」

「するやつ、いてもいいのにね」

「するといいね」

「あ、もう立った」

「簡単なんだねえ」

「このゴムボートの方が大変だよね」

「え、ひっくり返るの？」

「返んないよ」

「ヤダなあ。プレッシャーかかるなあ」

「ワザと揺らそうとする」

「揺れないね」

「波がこないとね」

「下から誰かつっついてきたら怖い？」

「そりゃ、怖いよ」

「亀かもよ」

「バカ」

「海亀」

「なるほど」

「いないだろ」

「変なおじさんが下から竹竿《たけざお》でつつくの」

「底を？　どんなおじさん？」

「だから『変なおじさん』」

「全然、雲がないねえ」

「いいねえ、海は」

「漂流してるみたいね」

「流されるとどこまで行くんだろ」

「大島」

「大島？」

「そりゃ、子どもがアメリカまで流されちゃうって言うのと一緒だよ」

「そう？」

「や、そうだ」

「じゃ、どこ？」

「どこだろ」

「ちょっと離れたところに着くんじゃない？　潮に乗って」

「ゴミが打ち上げられるのと一緒だね」

「でも、もっときたないかと思ってた」

「こんなもんだよ」

「シオって、どういう字書くの？」

「朝潮のシオ」

「アサシオって？」

「相撲取りだよ」

「もっと、言い方があるじゃない。海に来たんだからさあ」

「サンズイに朝だよ」

「もっと違う字も、なかったっけ」

「略字？」

「サンズイに夕方だよ」

「ちゃんと書くと朝で、略すと夕方なんだ」

「おもしろいね」

「案外、略字じゃないんじゃないか」

「あ、カモメだ」

「いるんだァ」

「こっち来い」

「口笛吹けば？」

「やっぱり、魚ねらってんのかなあ」

「さっき、跳ねたからねえ」

「戻ろうか」

　こんな調子で二日間が過ぎていった。


　二日目、夕方四時過ぎぐらいからだんだん海水浴に来た人たちが引き上げていき、五時になると浜の監視業務もこれで終わるという放送が流れ、それで本当に他所《よそ》から来た人がいなくなってそれまで遊泳地区とされていたところにサーフィンとウインド・サーフィンが出てくるようになった。

ぼくたちはそうなってもまだなんとなくぐずぐずして、誰かが荷物をまとめるようなことをはじめても他に誰もそうしようとしないのでそこでまたやめて海を見たり、アキラで言えば写真を撮ったり、島田ならシートに寝転んだりして、とにかく帰り仕度から離れてしまい、しだいに増えてくる犬の散歩の人たちをぼんやり目で追ったりしていたのだけれど、そうしていると犬に話しかけながら歩いている男が来るのが見えた。その男というのはつまり海に着いたばかりの朝に見た男で、同じ一日目の夕方にもやはり見ていたのでこれで三度目になったのだが、ぼくたちがはっきりとそろって注意を向けたのははじめてだった。

彼が波打ち際を歩きながら犬に話しかけている声はだいたい三十メートルも離れているのに聞こえてきていて、

「サメだよ、これは。

これはサメって言うんだよ。まだ子どものサメなのかなあ。小さいからねえ。でも、こういう風に小さい種類なのかもしれないねえ」

「でも、ジョンの方がサメより強いよね。

さっきだって、あそこの犬が吠えてきたって、ジョンが振り向いたら黙っちゃったからね」

「ジョンはおとなしくて強いよね」

と言っている彼の歩調に合わせてゆっくり歩いている犬を見ながら島田が誰にということもなく、

「や、犬って、けっこう悲しそうに見えるものだね」

と言うのとほとんど同じときに、よう子がするすると犬の方に向かっていった。そうして波打ち際までいったよう子が男に何か話しかけ男も受け答えをしているのだけれど、その声が少しも聞こえてこないから、それで彼がそれまでかなりはっきりした大きい声でしゃべっていたのがわかった。

大きな声で独り言を言う人間というのもあんまり普通じゃないなどと考えはじめていると、アキラも同じことを思ったのか、それともただよう子が行ったから行っただけなのか、とにかくぼくの方をちらっと見て立ち上がり、よう子のところに行った。行くとアキラも向こうで話をはじめてしまったものだから、島田もゴンタもぼくも犬の男のいるところにふらふらと行くことになった。

近づくと男の方から小さくおじぎして普通の調子の声で、

「どうも」

と挨拶をしてきて、次によう子が妙に真面目な顔で、

「このワンちゃん、耳が遠いんですって」

　とぼくたちに言ってきたのだが、それがどういう意味なのかぼくにはわからなかった。つまり、よう子は彼から直接何かを聞いて彼の口調や話のもっていき方で何かを納得したからそう言ったのだろうけれど、ぼくはそれを聞いていないのだから、犬の耳が遠いなんて急に言われても嘘か本当かもわからないし、あれほど大きな声で犬に話しかけていたことの説明が犬の耳がただ遠いというだけでは足りないとしか思わなくて、ただ曖昧な笑いをつくっていたのだけれど、彼もよう子の言葉の不足をわかっていてぼくたちに向かってもう一度話しはじめた。しゃべりはじめると、彼のしゃべり方は明朗さやなめらかさとはほど遠い感じで、

「あの、リハビリって言ったらいいのか。リハビリって言っても、老人ボケっていうか、ボケ老人も治るって言うでしょ。

　そういう言い方、飼い主がしちゃいけないけど。まあわかりやすく言えばそういうことなんだけど――」

　と、そこで一度話を切ってぼくと島田の表情を見て、

「――と、言ってもちっともわかりやすくないか」

　と言って笑った顔が、自分のしゃべり方の下手さをよく知っているようでよかった。そ

れから彼は、

「この犬はぼくが高校のときから飼ってててね、今、十七歳なんです。すごいでしょ。ぼくは大学のあいだ鎌倉から通っていたんだけれど。どうせ、あんまり、行かなかったから。で、学校出てからずうっと東京に住むようになって。そのあいだ、別に近いんだけどあんまり家に帰らなくてね。

　去年ぐらいから急にこの犬、耳が遠くなって、目もよく見えなくなってきちゃったんです」

　と話し出して、そこで一回話を切って、ぼくたちの顔を確かめてから、

「で、この犬、ぼくのことを絶対に好きだから。

　こっから先が、うまくわかってもらえるっていうか、信じてもらえるかわからないんだけど。

　ぼくは、ぼくがいなくなっちゃったから、この犬ジョンていうんだけど、ジョンが自分で何か聞いたり、見たりする必要がなくなった、ていうか、そういう意思を持たなくなってきちゃったと思ったんです」

　と、ここでまた一回休んで、こういう誰もが納得するとは限らない話をするときによく

する笑いをつくって、

「ぼくはそういう風に考えているから」

と言って、まだつづきを話しても大丈夫か確かめるように見てから、話をつづけた。

「人は見る必要があるから見て、聞く必要があるから聞くって。

たとえば、ぼくが家にいると、犬はぼくがいつ自分の方に来るかって、足音を聞こうとしてるでしょ、いつも。逆に、そういう注意がなくなってくると、いつも働かせてる耳も使わなくなってくるじゃない。

で、春ぐらいからほとんど聞こえなくなっちゃって、目も同じ頃から見えなくなってきちゃって。

だから、家に帰って、毎日一緒にいることにしたの。

そしたらね」

と言って、それまでのどちらかというと無表情な顔つきから一転して、

「ホントに、耳も目もよくなってきたんですよ」

と、にっこり笑ってみせた。

「そうだと思う」

と、よう子が彼に答えて、

いた。

「ねえ」

と、ぼくたちに同意を求めてきたのだけれど、それと関係なくぼくも大真面目に肯いていた。

こういう話というのは、耳が遠くなったことと話しかけてあげることでそれが治ったことのあいだに一見因果関係があるようにも感じられるが、ある種の人たちにはただのでっち上げかホラ話としか聞こえないだろう。本当以外の何物でもないような本当というのでもないし、作り話やフィクションという枠組に守られてその中で面白がればそれでいいという話とも違っていて、信じてしまう人間だけが信じてしまう、それはもう事実性からどうこういう話なのではなくて、話す側と聞く側の意志だけで意味とかあるいは意味に近い何かを与えていく話で、ぼくはそういう話がすごく好きなのだ。

だからこういう話を、こちらがちゃんと聞いているか何度も確かめたとはいっても、結局は平気な顔でしゃべってしまうこの人のこともますます好きになったのだけれど、そのときにジョンというその連れられていた犬が小さく唸なりはじめて、

「あ、犬が相手してくれないって怒ってるから、行きます」

とぼくたちに言い、それから、

「ごめん。散歩のつづきしようね」

と、また大きくてはっきりした声で話しかけてから、ぼくたちに小さく右手を上げて歩いて行きかけたが、よう子が住所も電話番号も聞いていなかったことに気がついて、それなのに書くものを持っていなかったから、伊藤さんというその人にゴンタのビデオに向かって住所と電話番号をしゃべってもらった。

帰りの車も行きと同じようにゴンタがずっと運転したのだけれど、アキラは行きとうって変わって黙って前を見つめながら定期的にカセットテープを取り換えて、

「いいねえ、海って」

を繰り返していた。

# 解　説

## リアリズムの極北──『プレーンソング』の穏やかさを支える二つの手法について

石川忠司

### 1

保坂和志の『プレーンソング』は日本文学史上に残る偉大な達成である。それまで先例のなかった極めつけの「リアリズム」小説を実現してしまったがゆえに。

しかしもちろんこのことは、『プレーンソング』が人間心理の奥底（の暗闇）まで踏み込んだり、風景を細部にわたって克明に描写したりする文学史上のいわゆるリアリズムの系譜をくむ、といった意味ではない。保坂流の「リアリズム」は、例えば次のような個所によくあらわれているだろう。語り手の「ぼく」は、野良の子猫にあげる煮干を買おうとしてコンビニに入る。でも見つからないので──。

「あの、煮干ってありますか」

と学生アルバイト風の男の子に訊いてみることにしたが、ぼくがしゃべった途端に、彼が見せた表情が生まれてから一度も「ニボシ」なんていう言葉を聞いたことがないような、それこそ理解不能という顔だったので、訊いたぼくの方もそれで急に恥ずかしいような気になってしまって曖昧に笑って帰ってきた。（傍点・引用者）

凡庸な書き手だったら、「……ぼくがしゃべった途端、彼は生まれてから一度も『ニボシ』なんていう言葉を聞いたことがないような表情をした。それでぼくの方も急に……」とかやってしまったのではないか。意味的にはほとんど、というかまったく違いはない。しかし引用個所のような場面で人間はまず表情に出会うのだ。それがどんな表情なのか言葉でうまく整理されるのは一拍か二拍、ときにはもっともっと置いたあとなのであり、「ぼくがしゃべった途端」の次に「彼が見せた表情」を持ってきて、言葉で納得する以前のとにかく一つの表情に出会ってしまった「驚き」を表現してみせる保坂の原文に比べ、原文をアレンジした文の方は「現場」の空気が希薄で、文法操作――「表情」にかかる形容詞節の性急な使用――によっていかにも「事後的な視点を遡って『現場』に持ち込むことで、全体をすっきり整理しました感」が漂っている。

学生時代の友人のゆみ子に三年ぶりに電話をかけ、野良の子猫の話をし、そのことをあとで思い返している場面は、さきの原文の発展型みたいなものだ。

ほんの少しのことなのだけれど、ゆみ子の声は前よりも低く太くなっていて、それが聞いているこちら側に安定感のようなものをつくり出しているのだと思った。（略）……三年という時間がゆみ子の声の質に確実に形となっているのと、三年経ってもゆみ子の話の流れや考え方が少しも変わっていないと思っているのが、ぼくとゆみ子のつき合いの長さをあらわしていて、それを軽い幸福のように感じている自分というのは、おそらく二十代前半までの自分にはなかった部分なのだろうと思った。

ここで「ぼく」があれこれ考えているゆみ子の声の変化は、普通だったら二人の電話での会話を描くとき、「……ゆみ子は以前よりも低く太くなった声でそう言った」とかのかたちでさり気なく挿入され、それだけであっさり流されてしまったのではないか。コンビニでの場面において、保坂は印象の事後的な整理の結果にほかならぬ形容詞節――「生まれてから一度も『ニボシ』なんていう言葉を聞いたことがないような（表情）」――の性急な使用を避け、バイトの男の子の「表情」をまず提示して、そこで起こっていることをなるたけ正確に提示しようとした。

ゆみ子との会話を思い出している目下の場面でも同様。現実に誰かとしゃべっている最中は、相手の声の変化など言葉にならないところでぼんやり「感知」しているのがせいぜいだろう。だから保坂は二人の会話中に「以前より低く太くなった(声)」という形容詞節を使わない。「ぼく」はあとになってはじめてゆみ子の声の変化を言葉にするのであり、しかもそれにとどまらず、ここで「ぼく」は三年の間にゆみ子に流れた時間(がもたらした変化と不変化)について、また「ぼく」の上にも流れていった時間についても思いを巡らすのである。

もし保坂がゆみ子の声の変化をたんなる形容詞節で片づけていたとしたら、恐らくこの実に感慨深い考察自体あり得なかったろう。「ぼく」がゆみ子と「ぼく」の(時間の中での)関係について思い巡らすのは、あくまでも実際の会話の最中にはぼんやりとしか気づかなかったゆみ子の声の変化をあとでようやく言葉にし、その「ようやく言葉にできた」ことの余韻がもたらすもの、というか当の余韻を駆ってなされるものだからだ。

保坂和志の『プレーンソング』の「リアリズム」性は、その文章から極力「形容詞節」的な要素を廃したところにこそまずは存在しよう。この「形容詞節」とは、事後的にのみ言葉にされる視点を遡って「現場」に持ち込むことで、世界を不自然に整合性のとれた場所にする、すなわち世界を一般的なイメージどおりのありきたりの場所に仕立て上げる退屈（で執拗）な装置にほかならない。

『プレーンソング』は、「ぼく」の部屋にアキラをはじめ、よう子、島田、ゴンタたち個性的な連中が集って、日々をダラダラと楽しげに過ごす話である。この小説で「話」を「先」へと進める原動力となっているのは、したがって人の興味を惹く豊かな物語性ではなく、またいわゆる心理分析や風景描写の妙でもなく、「現場」においては言葉以前のかたちでしか「了解」できてなかったことを、のちに「ぼく」がうまく言葉に落とし込み、合わせてそこからあらためて考察をはじめていく作業――形容詞節が整合的にまとめてしまうものを時間の中でのもとのかたちに戻していく作業――の軌跡だと言っていい。

「形容詞句」以前の時空を動くこの繊細かつイビツな作業によって、読者は「ここに確かにリアルなやつらがいる」という清新な感慨を与えられるのだ。

## 2

しかし『プレーンソング』の「リアリズム」性を語るに、「形容詞節」的な要素の廃棄を指摘しただけでは不十分である。保坂和志の文章は長い。これはすなわち保坂の文章は「主語（主部）」と「述語（述部）」では出来ていない、ということだ。次の引用は「ぼく」、アキラ、よう子、島田、ゴンタの五人で行った夏の海の情景。

……しかしそれは早く起きることがないぼくだけが知らない夏の朝の涼しさというもので、どうでもいいようなことだが、そんなことより、一見したところ海岸には人がいなくて、そのかわりカラスがやたらにいて砂浜でゴミをあさったり波打ち際で何かをつついたり、群れといえるのか何十羽のカラスが無秩序に飛んでいたりするのが目について、その光景の意外さに感心してそれに一通り馴れたところで、海にサーファーがたくさんいるのが目に入ってきた。

同じ文章をもっとタイトに句点を打って記述したらどうなるか。例えば「……一見したところ海岸には人がいなかった。そのかわりカラスがやたらにいて砂浜でゴミをあさったり波打ち際で何かをつついたりしていた。……」みたいに。そうすると情景がいちいち変な「意味」を持ってしまうのだ。いちいち何かの事件の「意味」ありげな伏線に見える、と言い換えてもいい。短い文章で日常的な情景を記述した場合、人がいないってどういうこと？　とか、やたらいるカラスは何を意味しているんだ？　とか鬱陶しい問いの数々を不可避に誘発するのである。

もちろん日常的な情景に何か「意味」があるわけがない。リアルな日常においては情景はただそこにあり時間もやはりたんに穏やかに降り積もる。短い文章がタイトな間隔の句点によって文章の流れを堰き止め、一文（に描かれた情景）をそれ自体であたかも「意味」あるもののごとく切り出しがちなのに抗し、保坂はあえて文章を息長く連続させることで、一文（に描かれた情景）にいちいち焦点が絞られるのを避け、すなわち言語が何かを意味するまさに言語として機能するのを停止させ、そうやって何てことないことを何てことないことのままに「描く」のだ。

「保坂和志の文章は『主語（主部）』と『述語（述部）』では出来ていない」とは、彼の文章は短い文章の集積ではない、それは「主語（主部）」とか「述語（述部）」とかの文法的・言語的概念に分解できない、といった意味にほかならない。前の引用を例にとれば、冒頭の「それ……」は（文法的な）「主語（主部）」ではなく、そこから文章が跳躍していく文字通りの「ジャンプ台」、最後の「……目に入ってきた」は「述語（述部）」ではなくやはり文字通りの「着地点」。両者の間で保坂の文章はアクロバティックな「弧」を成して、そのうちで何てことない日常が描き出される、というわけだ。

アキラが大声で呼んだドアを開けるとアキラの一歩後ろに立っていて、「こんばんは」と言って笑ったその笑い顔が整っていると思った。笑い顔というのはだいたいがくずれるもので、それは笑っているのだから見ているこちらもそれでいいとか可愛いとか思って受け入れることになっているのだけれど、よう子という女の子の場合、笑い顔がくずれないで整っていた。

よう子がはじめて登場する場面。いやよく見てるなあ、と誰もが感心せざるを得ないと思うが、しかしこれは物事を分析的に見ていくいわゆる注意深さがもたらした観察ではない。すでに述べたとおり、保坂和志の文章は分析——言語によって焦点を極力絞ること——とはほど遠い大雑把かつおおらかな「弧」を描くのであり、保坂流の「観察」はあくまでもそのうちにおいてなされるだろう。つまり、ぼやけた焦点ならではの「注意深さ」なるものだってある、ということだ。

こうして保坂和志は、何てことない日常を何てことない日常としてリアルに描きつつ、焦点を絞らぬ独特の「注意深さ」を発揮して、言語に頼っていては決して届かない日常の微妙な「細部」の発見に成功する。この意味で『プレーンソング』の白眉は、間違いなくよう子がエサを食べる茶トラの野良と「ぼく」とをかわりばんこに見、話しかける場面だと言っていい。


よう子は首を後ろに反らせ、ぼくの肩あたりに口をもってきて声をひそめて、

「やっぱり、この子可愛いね。もっと子猫だったときから見ていたかったなあ」

と言い、それからため息をつくように、

「いいなあ、見れて」

と言ってからまた茶トラに向き直り、

「ねえ、ノラちゃんはおなか空いてるのねえ。もっともっとたくさん食べていいよ」

と、いつもの無感動とも思われかねない様子とまったく違う感じになって猫に話しかけていた。（略）

「お行儀がいいのねえ。ちゃんと丸くなってお坐りして食べるのねえ。でも、そんなにお行儀がいいと、他のノラちゃんたちに横取りされちゃうのが心配ね」

と、間をとりながら話しかけつづけ、途中でまた振り返って、

「よかった。

いくら探しても会えないから、死んじゃったりしてたらどうしようって、思ったこともあったの」

と言い、また茶トラに、

「ねえ、元気でよかったわねえ」

と語りかけていた。


たんに交互に振り返りながら喋る、という動作がこれほど美しく描かれた小説がこれまでにあったか。「なるほど、オレたちは普段こんな風に振り返っているのか」とハッと気づかされ、あらためてたんなる日常自体の崇高さに打たれるのである。『プレーンソング』を読んで穏やかな心地よさを感じる人は多いだろう。しかしその心地よさは、「ぼく」やアキラやよう子たちの気楽な生活態度、焦らずこだわらず日々を大切に送っているさまを描く（物語）内容にもまして、今まで述べてきた手法にもかなりの部分負っていることは請け合いだ。

（いしかわ・ただし　文芸評論家）

『プレーンソング』　一九九〇年九月、講談社刊
（初出　『群像』　一九九〇年五月号）

中公文庫

# プレーンソング

2000年5月25日　初版発行
2022年11月30日　15刷発行

著　者　保《ほ》坂《さか》和《かず》志《し》

発行者　安部順一

発行所　中央公論新社
〒100-8152　東京都千代田区大手町1-7-1
電話　販売 03-5299-1730　編集 03-5299-1890
URL https://www.chuko.co.jp/

印　刷　三晃印刷
製　本　小泉製本


Published by CHUOKORON-SHINSHA, INC.
Printed in Japan　ISBN978-4-12-203644-4 C1193

各書目の下段の数字はISBNコードです。978－4－12が省略してあります。

# 中公文庫既刊より

ほ-12-3
## 草の上の朝食
保坂和志

猫と、おしゃべりと、恋をする至福に満ちた日々を独特の文章で描いた、『プレーンソング』続篇。夏の終わりから晩秋までの、至福に満ちた日々。

203742-7

ほ-12-10
## 書きあぐねている人のための小説入門
保坂和志

小説を書くために本当に必要なことは？　実作者が教える、必ず書けるようになる小説作法。執筆の裏側を見せる「創作ノート」を追加した増補決定版。

204991-8

ほ-12-12
## 小説の自由
保坂和志

小説には、「考える」という抽象的な時間が必要なのだ。誰よりも小説を愛する小説家が、自作を書くのと同じ注意力で小説作品を精密に読んでみせる、驚くべき小説論。

205316-8

ほ-12-13
## 小説の誕生
保坂和志

「小説論」というのは思考の本質において、評論でなく小説なのだ。小説的に世界を考えるとどうなるのか？　前へ、前へと思考を進める小説論。

205522-3

ほ-12-14
## 小説、世界の奏でる音楽
保坂和志

小説は、人を遠くまで連れてゆく――。書き手の境地を読者のなかに再現する、十篇の小説論という小説。「最良の読者を信じて」書かれた小説論、完結編。

205709-8

ほ-12-15
## 猫の散歩道
保坂和志

鎌倉で過ごした子ども時代、猫にお正月はあるのか、新入社員の困惑……小説のエッセンスがちりばめられた88篇。海辺の陽光がふりそそぐエッセイ集。

206128-6

ほ-12-16
## あさつゆ通信
保坂和志

僕が山梨から鎌倉に引っ越したのは昭和三十五年九月、三歳十一ヵ月だった……。鎌倉を舞台に、小学生までの子ども時代を、現在から描く。〈解説〉松家仁之

206477-5